AF742877

www.ingramcontent.com/pod-product-compliance
Lightning Source LLC
LaVergne TN
LVHW050758051026
849532LV00008B/2908
* 9 7 8 9 3 6 9 0 8 6 8 8 7 *

آج کل کے رومان

(افسانے / حصہ : 3)

مرتب:

فضلِ حق قریشی

Aajkal ke Romaan : Part-3 *(Short Stories)*
by: Fazl-e-Haq Qureshi
Edition: October '2025
Publisher :
Taemeer Publications LLC (Michigan, USA / Hyderabad, India)

ISBN 978-93-6908-688-7

کتاب	:	**آج کل کے رومان: ۲** (افسانے)
مرتب	:	**فضلِ حق قریشی**
صنف	:	فکشن
ناشر	:	تعمیر پبلی کیشنز (حیدرآباد، انڈیا)
سالِ اشاعت	:	۲۰۲۵ء
صفحات	:	۷۸
سرورق ڈیزائن	:	تعمیر ویب ڈیزائن

فہرست

مقدمہ

ایک زمانہ تھا کہ عورت کو اور خصوصاً مسلمان عورت کو گھر کی چار دیواری میں گھونگھٹ یا نقاب کے پس پردہ اس درجہ دبا کر رکھا جاتا تھا گویا وہ کوئی منت کی چیز تھی کہ جہاں غیر کی نگاہ پڑی اور بس اس کی تاثیر گئی اسی لئے بقول حضرت نیاز اس کو اسباب آرائش و زیبائش کی کم مایہ جنسوں کی طرح قابل بیع و شریٰ چیز قرار دیا جاتا تھا۔ خدا بھلا کرے سرسید مرحوم کا کہ انھوں نے تعلیم نسواں پر نہ صرف زور دیا بلکہ عملی طور پر اس طرح پرچار کیا کہ عورت بھی دنیا میں ایک زندہ چیز سمجھی جانے لگی تاہم ضروری آزادی اس صدی کے ربع اول تک بھی اس کو نصیب نہ ہو سکی۔ عورت نے اپنی اہمیت کا لوہا منوانے کے لئے ہر شعبۂ زندگی کی طرف قدم اُٹھایا۔ حتیٰ کہ میدان ادب میں بھی کسی سے پیچھے رہنا گوارا نہ کیا۔ تاہم خاندان کے کسی قدر قدامت پسند بزرگوں نے اس کے افکار و خیالات پر احتساب کی مہریں لگانی شروع کیں۔ مگر تابہ کے۔ دریا کا پانی بند کے ذریعے عارضی طور پر رک ضرور جاتا ہے مگر جمع ہو کر کسی نہ کسی وقت اسے توڑ ڈالنے کے لئے عورت کے دل کی سرگوشیاں بھی انجام کار تکلم بلیغ بنے بغیر نہ رہ سکیں۔ اس مجموعے کے افسانہ نگاروں کی صف میں اردو زبان کی وہ بلند پایہ اہل قلم خواتین شامل ہیں جن کے رشحاتِ قلم رہتی دنیا قائم رہیں گے۔ ان میں زیادہ تر ایسی ہستیاں ہیں جو شروع ہی سے ادبی ذوق کی حامل تھیں۔ مگر ازدواجی زندگی کی منزل

میں قدم رکھنے سے قبل آسمانِ صحافت پر جلوہ گر نہ ہو سکیں۔ اِس حقیقت کا اظہار ان میں سے اکثر نے اپنے ان مختصر حالاتِ زندگی میں کیا ہے۔ جو ترتیب وار ان کے افسانوں سے قبل شامِل اوراق ہیں۔ اِن حقائق کو مدِنظر رکھتے ہوئے یہ گمان ہوتا ہے کہ ایسے گوہر ابھی اور موجود ہوں گے جنھیں قلب صدف سے نکلنے کا موقع نہیں ملا ہے۔

اِس مجموعے میں صرف خواتین کے قلم سے لکھے ہوئے افسانے شامل ہیں۔

اُمید ہے کہ اہلِ نظر اور صاحبِ ذوق حضرات اِس کوشش کو بہ نظرِ پسندیدگی دیکھیں گے۔

تعارف : ہاجرہ مسرور

دیکھنے والے کی آنکھ اگر عمیق جائزے کی صلاحیت رکھتی ہے تو اسے کائنات کے ہر ذرّے اور زندگی کے ہر واقعے میں ایک افسانہ کروٹیں لیتا نظر آسکتا ہے۔ اسی لئے وہ افسانہ نگار زیادہ پسند کئے جاتے ہیں جو صداقت سے قریب تر ہوں۔ سچے قصّوں کو تخیُلی فسانوں سے زیادہ تحیّر خیز بھی اسی لئے کہا جاتا ہے کہ ان میں ایک قسم کی بے ساختگی ہوتی ہے اور پڑھنے والا محسوس کرتا ہے کہ ایسا ضرور ہوا ہوگا۔ ہاجرہ مسرور کی نظر بالکل غائرانہ انداز سے عام واقعات پر پڑتی ہے۔ اور وہ محض زیب داستان کے طور پر اپنی طرف سے کچھ اضافہ کرکے ان میں سے کسی ایک واقعے کو زندگی کا ایک عکسِ لطیف بنا کر پیش کردیتی ہیں۔ مثلاً چھوٹے بھائی بہن کی معصوم شرارتوں سے تقریباً سبھی کو سابقہ پڑا ہوگا لیکن ان شرارتوں کے افسانوی پہلو پر غور کرنے کی ضرورت بہت کم نے محسوس کی ہوگی۔ "میرا بھیّا" ایک اچھا افسانہ ہے، لیکن چونکہ اس میں افسانے کی تکنیک کا لحاظ کم رکھا گیا ہے، اس لئے وہ ان کے دوسرے افسانوں کے مقابلے میں کسیقدر ہلکا رہ جاتا ہے۔

ان کے حالاتِ زندگی حسب ذیل ہیں:۔

نام:۔ ہاجرہ مسرور

پیدائش:۔ ۱۷ جنوری ۱۹۲۹ء

مقام پیدائش:۔ لکھنو۔

پانچ سال کی عمر سے پڑھنے بٹھائی گئی۔ لیکن مجھے

یاد پڑتا ہے کہ ہمیشہ اٹھ اٹھ کر بھاگتی رہی۔ آئے دن نئے نئے ماسٹروں اور مولویوں سے سابقہ رہتا۔ بے چارے سب مجھے پڑھانے کی پوری کوشش کرتے۔ لیکن کئی سال تک پڑھنے کے باوجود خاک بھی نہ پڑھا۔ اس کا سبب کچھ تو پڑھانے والوں کی سختی تھی اور کچھ میری ڈھٹائی۔ یعنی جتنا پٹتی، اتنا ہی پڑھنے کے نام سے بھاگتی۔ کئی سال تک یہی ڈھرا چلتا رہا۔ سنہ ۱۹۳۶ء میں اِسکول میں داخل ہوئی اور یہاں سے تعلیم حاصل کرنا کچھ دلچسپ معلوم ہونے لگا۔ سوائے حساب کے ہر مضمون میں بہت تیز رہی۔ خصوصاً تاریخ میں۔ دسمبر ۱۹۳۷ء میں والد صاحب نے اِنتقال فرمایا اور اس طرح گویا باقاعدہ تعلیم حاصل کرنے کا سلسلہ یکلخت ختم ہوگیا۔ والد صاحب کے اِنتقال کے بعد گھر کی مصیبتوں نے بری طرح گھیرا ——— اِقتصادی حالت کی طرف سے بے اِطمینانی اور رشتے داروں کی دلشکن بے اِعتنائیاں ——— یہ وہ اسباب تھے جنھوں نے مجھے وقت سے بہت پہلے سمجھ دار بننے پر مجبور کر دیا۔ پڑھنے لکھنے کا شوق اس طرح زندہ ہوا کہ پھر میری راہ میں جو بھی مشکل آئی وہ زیادہ دن تک نہ ٹک سکی۔ میں نے اکثر سولہ سولہ گھنٹے متواتر پڑھنے میں گزار دیئے۔ کتابوں کی قلت بسا اوقات بہت حوصلہ شکن ہوتی ہے۔ مجبوراً اپنے رشتہ داروں سے کتابیں عاریتاً مانگنے میں ایسی ایسی کڑوی نظریں دیکھنا پڑتیں کہ دل چاہتا بس خودکشی کر لو۔ تاکہ مستقبل بنانے کی

فکر سے نجات ہو جائے۔ تین سال کی لگاتار محنت کے بعد اردو اور تھوڑی بہت فارسی نیز انگریزی میں یوں ہی شُدبُد ہوگئی۔

اوائل ۱۹۴۲ء میں سب سے پہلا افسانہ لکھا۔ جب سے آج تک لکھ رہی ہوں۔ افسانوں کا پہلا مجموعہ " چرکے " ۱۹۴۴ء میں شائع ہوا۔ اُمید ہے کہ دوسرا مجموعہ بھی اِسی سال مارکٹ میں آسکیگا۔"

ہاجرہ مسرور

میرا بھیّا

”یہ کمبخت پروانے! روشنی کے دیوانے!! ٹوٹے ہی پڑتے ہیں لیمپ پر؟“ میں نے اپنے اِردگرد بکھری ہوئی کتابیں اٹھاکر میز پر دے ماریں۔ پڑھنے ہی نہیں دیتے بھلا یہ کس لئے جمع ہوئے ہیں؟ کیا جل مرنے کے لئے؟ لیکن یہاں تو یہ جل بھی نہیں سکتے۔ سوائے اس کے کہ بلب سے اپنا بھیجا پچی کریں۔ میں کہتی ہوں اگر ان سرپھروں کو ایسا ہی جل مرنے کا شوق چرایا ہے تو جاتے کیوں نہیں کسی مفلس کی جھونپڑی میں؟ وہیں اِن مجنوں صفتوں کو مٹی کا ٹمٹماتا ہوا دیا مِل جائے۔ بس وہیں جاکر اپنی وفاداری کا رنگ جمائیں۔ ہونھ!“

میں نے جھنجھلا کر برقی لیمپ گل کر دیا اور آزردہ ہوکر پلنگ پر مچل جانے کے انداز سے پڑ رہی۔ پچھلے سال اِمتحان میں شاندار طریقے پر ناکامیاب ہوچکی تھی اس لئے اس سال ابو میاں نے مجھے اٹھاکر بورڈنگ ہاؤس میں ڈال دیا کہ گھر میں رونی اور شاداں اکٹھے رہے تو پڑھائی جیسی ہوگی اس کا کہنا ہی کیا! ہاں یہ ضرور ہے کہ یہ دونوں امتحان میں ناکامیابیاں حاصل کرنے کا ریکارڈ توڑ دینگے

لیجئے صاحب آ گئے بورڈنگ میں بھی اور جی لگا کر پڑھنا بھی چاہتے ہیں لیکن اب کوئی ذرا ان چھوٹے بڑے رنگ برنگ پتنگوں کو دیکھے کہ میرے پیچھے ہاتھ دھو کر پڑے ہیں۔ اور وہ ابو جان جو ہر وقت میرے اور رونی کے پیچھے پڑے رہتے تھے اب آ کر منع کریں ان فتنوں کو تو جانیں۔

گھپا گھپ اندھیرے میں جی الٹنے لگا۔ مجبوراً روشنی کرنا پڑی۔ اور یہ سوچ کر کتابیں سنبھالیں کہ بھئی اس دفعہ تو پاس ہو کر چھوڑوں گی خواہ کچھ بھی ہو۔ یہی نہیں کہ سب مجھے کند ذہن خیال کریں۔

ابھی چند سطریں پڑھی ہوں گی کہ دھیان بھٹکنے لگا۔

گھر میں اس وقت کیا ہو رہا ہوگا؟ میں نے ایک جمائی لیکر سوچنا شروع کیا۔ کھانا وانا کھا کر سب آرام کر رہے ہوں گے۔ اور رونی کیا کر رہا ہوگا؟ وہ بھی بیچارہ میری طرح اس وقت پڑھائی میں جتا ہوگا۔ جب میں گھر پر تھی تو دونوں ساتھ ساتھ بیٹھ کر پڑھا کرتے تھے۔ مزا آتا تھا۔ کیسا پیارا! میرا بھولا بھالا بھیا ہے میری نظریں ایک دم میز پر رکھی ہوئی رونی کی تصویر پر جم گئیں۔ گھنگھریالے چھوٹے چھوٹے بال، روشن تاروں جیسی آنکھیں، اور ہر وقت مسکراتے ہوئے لب، میں نے تصویر اٹھا کر ہونٹوں سے لگالی۔ مجھ سے کتنی محبت کرتا ہے۔ ابھی کل ہی تو آیا تھا ملنے۔ کیا کہہ رہا تھا کہ شاداں آپا آپ کے بغیر گھر سونا سونا معلوم ہوتا ہے۔ کتنا پیارا سا لڑکا ہے۔ لیکن ہے تھوڑا سا بیوقوف۔ مجھ سے پوچھ رہا تھا کہ کیا ایسا نہیں ہو سکتا کہ میں آپ کے پاس رہوں۔ دیکھو نا بیوقوف؟ لڑکیوں کے بورڈنگ میں رہے گا۔ پگلا ——— اف فوہ ——— میں نے بڑبڑا کر اپنا ہاتھ زناٹے سے جھٹکا "بڑے زور سے کاٹ لیا۔ اس پتنگے نے شاید اسے غصہ آ گیا۔ اس لئے نا کہ

یہ اپنی عادت کے مطابق چل نہیں سکتا۔ دیکھو میاں پروانے یہ شوریدہ سری مجھے ایک آنکھ نہیں بھاتی۔ اے لو جاؤ اب میرے خلاف عالم بالا میں ایک ٹینگ بلاؤ میں نے اِس ننھی سی جان پر پرپیر ویٹ دھمک دیا۔ اور دوبارہ یکسوئی کے ساتھ پڑھنا شروع کیا۔ ہاں تو شکسپیر لکھتا ہے کہ "خوش دل انسان وہ ہے جو سختی دوراں سے تلخ کام نہ ہوا اور دامن صبر کو ہاتھ سے نہ جانے دے۔" میں نے سوچا بات تو کچھ پتے کی کہی ہے۔ لیکن نہیں بھئی۔ یہ تو ناممکن ہے کہ کوئی پتھر کا ہو جائے۔ اب کوئی اِن پروانوں کو دیکھے کہ یہ مجھے کاٹ جائیں اور میں یکسوئی سے پڑھے جاؤں۔ خوب! یہ تو مجھ سے مرکر بھی نہ ہوگا۔

میں نے جھنجھلا کر کتابیں پٹخ دیں، اور بتی بجھا کر ایک دم اپنے جسم کو پلنگ پر گرا دیا۔ گویا میں محنت کرتے کرتے تھک گئی تھی۔

آخر مجھ سے پڑھا کیوں جاتا اور یہ پروانے؟ جیسے میں نے نہ پڑھنے کا ایک فضول سا بہانہ گھڑ لیا ہے۔ آخر دوسری لڑکیاں بھی تو ہیں۔

کیا ان کے پاس پروانے نہیں آتے لیکن ان میں سے اکثر لڑکیاں فرسٹ ڈویژن آئیں گی۔ تو پھر کیا بات ہے کہ مجھ سے نہیں پڑھا جاتا؟

اندھیرے میں سرخ و زرد میری آنکھوں کے سامنے تھرکنے لگے۔ اور پھر ان پھیلے پھیلے دھبوں نے آہستہ آہستہ رونی کی شبیہہ پیش کردی۔ بالکل کیوپڈ دیوتا کی سی معصوم صورت!

شاداں آپا! آپ کا دل تو گھبراتا ہوگا یہاں؟ سچ مانیئے آپ کے بغیر مجھے کچھ بھی نہیں اچھا لگتا۔ آخر مجھے ساتھ رکھنے میں آپ کا ہرج ہی کیا ہے؟ رونی کے ہونٹ کپکپا کر ایک دوسرے سے چپٹ گئے۔ میں اندھیرے میں کھلکھلا کر ہنس پڑی۔ میرا ہرج؟ اِتنا بڑا ہو گیا ہے اور لڑکیوں کے ساتھ رہیگا۔

رونی کی شکل دھندلی پڑ گئی اور میں نے اپنا منہ چادر میں چھپا لیا۔ کتنا بھولا ہے میرا رونی اور میں نے اپنی آنکھیں بیچ لیں تھوڑی دیر بعد ——— بس سہانے خواب!

"آپ کے بھائی آپ سے ملنے آئے ہیں"۔ بورڈنگ کی بوڑھی ملازمہ نے پردے سے گردن نکال اپنا سر اس طرح ہلایا کہ میں سمجھی یہ اپنی بات کی تردید بھی کرتی ہے۔ میں نے جلدی سے کتاب بند کی اور ڈوپٹہ گلے میں لپیٹ کر ملاقات کے کمرے کی طرف دوڑی۔ رونی آیا ہے۔ میرا بھائی مجھ سے ملنے" مارے خوشی کے میرا دل ہاتھوں اچھل رہا تھا۔ پردہ سرکا کر اندر قدم رکھا اور ٹھٹھک کر رہ گئی، دیکھا تو حضرت بہت سے تازہ تازہ پھول ہاتھ میں پکڑے بیٹھے ہیں۔ "یہ پھول تم نے یہاں کے باغ سے توڑے؟" میں نے ڈر کر پوچھا!
"نہیں آپا! میں نے نہیں توڑے"۔ وہ مجھے سہمی سہمی نظروں سے دیکھنے لگا، "تو پھر یہ تمہارے ہاتھ کیسے لگے۔ معلوم ہے؟ یہاں پھول توڑنے کی ممانعت ہے؟"۔ میں سوچ رہی تھی کہ دیکھو آج یہ ضرور اپنی کسی حماقت سے مجھے شرمندہ کرائے گا۔

"یہ پھول تو مجھے ایک سانولی سی خاتون نے دیئے ہیں"۔ وہ جلدی جلدی آنکھیں جھپکا کر اپنی صفائی پیش کرنے لگا۔

"خوب! تو گویا اب تم اس لائق ہو گئے کہ کوئی سانولی سی خاتون تمہیں پھول پیش کریں"۔ میں نے ہنس کر پوچھا اور اس کے چہرے پر خون پھوٹنے لگا۔

ہکلا کر بولا جی ——— ای ——— ہاں ——— یا نہیں

"دونوں باتیں سمجھ لوں۔" میں نے چٹکی لی۔

"ایں" اس نے اپنا منہ ننھی سی چڑیا کی طرح کھول دیا۔ میں کھلکھلا کر ہنس پڑی۔ سنبھل کر بولا۔

"ارے! آپ ہنستی کیوں ہیں؟"

"اس لئے کہ اب تم نے پر پرزے جھاڑے ہیں۔" میں اسے گھورنے لگی "سنیئے تو سہی آپ۔ بات یہ ہے کہ جب میں آیا تو چپراسی غائب کس سے" اپنے آنے کی اطلاع کراتا؟ میں اس کے اِنتظار میں ٹہل رہا تھا کہ ایک خاتون آئیں——"

"اور آپ کی پھول سی صورت دیکھ کر یہ پھول پکڑا دیئے۔ یہی بات ہے نا؟" میں نے اس کی بات کاٹ کر تیزی سے کہا۔

"یہ بات نہیں۔" شرما کر بولا۔

تو پھر وہ خاتون پھول لئے جا رہی ہوں گی تم نے ان سے مانگ لئے ہوں گے۔" میں نے کسی قدر غصے سے کہا۔

"یہ بھی نہیں۔" وہ اور بھی دب کر بولا۔

"یہ بھی نہیں وہ بھی نہیں تو پھر کیا تمہارا سر؟" مجھے وحشت ہو رہی تھی کہ کسی طرح ان پھولوں کا قضیہ ختم ہو تو کچھ دوسری باتیں کریں "اچھا جائیے نہیں بتاتا۔" وہ منہ پھلا کر پھول نوچنے لگا۔

"ارے! ارے!! یہ کیا وحشت ہے۔ اِدھر لاؤ یہ پھول اور ہاں بتاؤ جلدی سے کہ کس طرح ملے یہ تجھے؟" میں نے ڈپٹ کر پوچھا۔

"نہیں بتاؤں گا۔ کہہ دیا ایک بار۔"

"ہاں کیسا اچھا میرا بھیا۔ بتا تو دے۔" میں اِسے بہلانے لگی۔

وہ منہ بنا کر کہنے لگا:۔

"میں وہاں کھڑا تھا۔ ادھر سے ایک خاتون پھول لیے نکلیں۔ میں نے کہا، اللہ کی راہ میں یہ پھول مجھے دید و۔ میری شاداں آپا بھوکی ہیں انھیں کھائیں گی"۔ "چھی چھی! یہ بڑی بری حرکت ہے رونی"۔ میں نے جلے پر نمک چھڑکا۔

"سنئیے جناب"۔ وہ تیزی سے بولا اور کرسی پر سینہ تان کر بیٹھ گیا۔

"سنائیے اپنا رومان"۔ کمبخت میری زبان مانتی ہی نہ تھی۔

"پھر وہی! ہرگز نہیں سناؤں گا"۔

"اچھا اچھا اب تم شروع سے کہو میں درمیان میں نہ بولوں گی"۔ ہوں! کہو بھی جلدی سے ہوں! تو تم چپراسی کے انتظار میں ٹہل رہے تھے کہ اتنے میں ایک خاتون آئیں اور ——— اور ———" میں اس کی زبانی اس کی کوئی نئی حماقت سننے کے لیے بے چین تھی۔

اس نے کہنا شروع کیا۔

"وہ آئیں اور مجھے دیکھ کر پوچھا۔ کیا تمہاری بہن یہاں رہتی ہیں؟" میں نے جلدی سے کہا "یس سر ———"۔ میں نے بات کاٹی۔

"یس سر؟ عجیب احمق ہو۔ یہ انگریزی بولنے کا کونسا موقعہ تھا؟ اور وہ بھی سرے سے غلط"۔ واقعی اس وقت مجھے تاؤ آگیا تھا۔

"ہاں آپا؟ واقعی اس وقت مجھے "یس میڈیم" کہنا چاہیئے تھا"۔ اس کا سر ندامت سے جھک گیا "تو پھر تم نے کہا کیوں نہیں؟"

"بات یہ ہے کہ میں کچھ گھبرا گیا تھا۔"

میرا پارہ چڑھ گیا۔ اِن خاتون نے اپنے دل میں کیا کہا ہوگا اِس لڑکے کو رانٹ کا اونٹ ہو رہا ہے اور بات کرنے کی تمیز نہ آئی۔ اور بھلا گھبرانے کی کیا ضرورت پیش آگئی تھی ان کو؟ میں برس پڑی:-

احمق کہیں کے۔ یہی پڑھا ہے تم نے؟ آٹھویں کلاس میں پڑھتے ہو اور ایک لفظ درست نہیں بول سکتے۔ میں تو سب سے تعریف کرتے کرتے مری جا رہی ہوں کہ میرا بھیّا ایسا میرا بھیا ویسا۔ اور تم نے سب کئے دھرے پر خاک ڈال دی ——— "غصے میں بہت کچھ کہ گئی۔ وہ روہانسا ہوگیا اور پھول نوچ کر پھینک دیئے۔ اب میں نے اسے سمجھانا شروع کیا۔

"دیکھو بھیا رونی۔ اب تم ماشاءاللہ کافی بڑے ہو گئے ہو کم از کم کسی خاتون سے بات چیت کرنے کی صلاحیت پیدا کرو ورنہ آئندہ تم ہی سر پہ ہاتھ رکھ کر روؤ گے۔" وہ میری اسی چٹ پٹی نصیحت سے بہت چڑ گیا اور منہ بسورتا ہوا جانے لگا۔ "ارے بھئی کہاں چلے؟" میں پشیمان ہو گئی:۔

"بس رہنے دیجئے، ایک تو آپ کے پاس دوڑ کر اتنی دور سے آؤں اور آپ میری یوں ٹانگ لیں۔ پوری بات تو سنی نہیں اور لگیں قابلیت جھاڑنے۔" حضرت یہ جا اور وہ جا۔ ناراض ہو گیا۔ میں کچھ افسردہ سی ہو کر رہ گئی

ایک روز حضرت پھر اپنی معصومیتوں میں گھر سے تشریف لائے شیروانی کے بٹن کھلے ہوئے، اُلجھے بال، دانت نکالے کھڑے ہیں۔

"سبحان اللہ یہ کیا حالت بنا رکھی ہے تم نے" میں نے چھوٹتے ہی پوچھا۔

"کچھ نہیں بس یوں ہی" اور لگے بے تحاشہ مسکرانے۔

"کیا آج پھر کسی خاتون سے مڈبھیڑ ہو گئی" میں نے دکھتی رگ پکڑی اور بس اتر گیا چہرہ، مسکراتے ہونٹ لٹک گئے۔

"بس آپ کو تو کوئی بات مل جائے" وہ ناخن سے میز کھرچتے ہوئے بولا: "تم تو چور بنتے ہو روفی" میں نے ہنسکر کہا۔

"ایں! یعنی کیا؟ کون چور" وہ پھر گڑبڑایا۔

"تم اور کون؟ ان سانولی خاتون کا ذکر آیا اور تمہاری ساری شوخی رفو چکر ہو گئی۔ دیکھو بھئی روفی۔ میں ہر رومان کا کامیاب پہلو دیکھنا چاہتی ہوں۔ اس زمانے کے تو پر لگ گئے جب لیلیٰ مجنوں ہوا کرتے تھے" مجھے اس کو چھیڑنے میں بڑا مزا آتا ہے۔

خدا کی قسم آپا۔ میں اب کبھی نہ آؤں گا آپ کے پاس۔ آپ نے مجھے سمجھا کیا ہے؟ بولئے کیا میں بالکل الو ہوں" اس نے جوش میں کئی گھّے میز پر دھک دیئے" اور وہ سانولی خاتون ہوں گی کون۔ آپ کی استانی وستانی۔ ان سے جا کر پوچھئے کہ مجھ سے کیوں بولی وہ۔ کیا میں نے ان کے آگے ہاتھ جوڑے تھے" وہ آنکھیں نکال نکال کر مجھے مرعوب کرنا چاہتا تھا کہ اتنے میں میری ایک کلاس فیلو عروج پردے سے سر نکال کر یہ تماشہ دیکھنے لگیں۔ یہ صاحبہ روفی کی تصویر بہت پسند کرتی تھیں۔ اب میرا یہ حال کہ خون خشک ہو کر رہ گیا۔ ہکا بکا رہ گئی۔ مجھے دوسری طرف مخاطب دیکھ کر روفی یا تو مجھے دھمکا رہا تھا

یا ایک دم مع کرسی کے "اباوٹ ٹرن" ہو گیا تمہارا بھائی ہے"۔ عروج نے اِس طرح پوچھا جیسے انہیں معلوم ہی نہ تھا۔

"جی ہاں"۔ میں نے بمشکل آواز نکالی۔

"ابھی تو بچہ ہے"۔ وہ دانت نکال کر فرمانے لگیں۔

"جی!" مجھے ان کی موجودگی سخت ناگوار گزر رہی تھی اور ایسے وقت جبکہ روفی حد درجہ الّو پن پر اترا ہوا تھا۔ میں نے آہستہ سے روفی سے کہا:۔

"روفی یہ کیا وحشت ہے۔ ادھر منہ کرکے بیٹھو"۔ پہلے تو وہ ہچکچایا پھر بڑے تکلف سے کرسی سیدھی کی۔ اب تنے ہوئے بیٹھے سامنے کی تصویر گھور رہے تھے۔ "آٹھویں کلاس میں پڑھتا ہے"۔ انھوں نے جانتے بوجھتے سوال کیا۔

"جی ہاں روفی سلام کرواُن کو"۔ میں بہت پریشان ہو گئی تھی۔ روفی نے منہ پھیرے پھیرے ایک فوجی قسم کا سلام عروج کی طرف پھینک مارا میں دل ہی دل میں اینٹھ کر رہ گئی۔ عروج اپنی عینک ناک پر جمانے لگیں۔

"بڑا بھولا بھالا ہے"۔ انھوں نے اپنے حساب کو بس سے زیادہ کام کیا۔ جی ہاں۔ میں اور بھی بیزار ہو گئی۔ وہ مسکراتی ہوئی چلی گئیں"۔ یہ کون تھیں"۔ روفی نے بے معنی سی خاموشی توڑی۔

"کیوں کیا خیال ہے تمہارا"۔ میں تو خار کھائے بیٹھی تھی۔

"آپ بڑی وہ ہیں"۔ جھیپ کر فرمایا گیا۔

"اچھا بھئی اب جاکر پڑھوں گی"۔ میں نے کھڑے ہو کر کہا۔

"اِتنی جلدی کیا ہے۔ کیا پورے سال کی پڑھائی آج ہی ختم

کرنا ہے۔ اس نے پوچھا"

"نہیں صرف دو دن کی" میں نے جواب دیا۔

"کیوں؟" اسے کرید ہوئی۔

کل ہم سب لڑکیاں پک نک picnic جا رہے ہیں۔

"میں بھی پہونچوں گا آپ کے پیچھے"

"دھت! پہونچے نہ ہو"

وہ ہنستا ہوا چلا گیا۔

کل کی تھکی ماندی آرام سے پاؤں پھیلائے پڑی تھی پک نک کی دلچسپیاں ایک ایک کر کے نظروں کے سامنے آگئیں۔ لاری کا طویل سفر، آپس کی چھیڑ چھاڑ، کھیتوں میں ٹولیاں بنا کر گھسنا، پھر دہقانوں کی حیرت، وہ نہ جانے ہم لوگوں کو کیا سمجھ رہے تھے۔ کیسی آنکھیں پھاڑے چپ چاپ اپنے کھیت برباد ہوتے دیکھ رہے تھے کچھ سمجھتے ہی ہوں گے جبھی تو چپ تھے ورنہ اگر ایک لٹھ گھما کر زمین پر ہی مار دیتے تو ہم لوگوں کی حلیہ تنگ ہو جاتی کیسا مزا آیا تھا۔ اور ہاں وہ ریل کی سیٹی سن کر کیسی حماقت کی ہم سب نے بس خیال آیا کہ ریل کے ساتھ دوڑیں گے۔ بھاگم بھاگ بھاگم بھاگ جب پٹری کے قریب پہونچے تو بقول جوش۔

گاڑی نکل چکی تھی پٹری چمک رہی تھی

"آپ کے بھائی آئے ہیں" بوڑھی ملازمہ نے اپنے مخصوص لہجے میں اطلاع دی اور میں اپنے روفی کو پک نک کی دلچسپیاں بتانے دوڑی۔

"واہ وا۔ ڈھونڈتے ڈھونڈتے تھک گیا، سب سے پوچھا لیکن

کوئی بھی نہ بتا سکا۔" وہ مجھے دیکھتے ہی پھولی ہوئی سانسوں کے درمیان بولتا گیا۔

میں زبردستی درمیان میں بول اٹھی "بھئی کیسے ڈھونڈھا تم نے؟" لیکن وہ کب کسی کی سننے والا تھا اپنی کہے گیا دھن میں۔

"واللہ صبح سے جو سائیکل پہ بیٹھا ہوں تو شام ہو گئی میرا مطلب یہ ہے کہ اگر خدا کو بھی اسی قدر ڈھونڈتا تو وہ مل جاتا مگر ——— مجھے اسکی زبان بند کرنے کی سب سے عمدہ ترکیب استعمال کرنا پڑی۔ اس کا چہرہ سرخ ہو گیا اور تھوڑی دیر کے لئے جوش و خروش پر اداسی پڑ گئی۔" تو تمہارا مطلب کیا ہے؟ ختم بھی کرو۔

تمہید۔ کس کو ڈھونڈھا تم نے اور کون کمبخت نہیں ملا۔" میں نے انتہائی بیزار ہو کر کہا۔"

آپ کہاں گئی تھیں؟" رونی نے سوال کیا۔ پک نک؟

"لیکن میں نے تو پک نک نامی جگہ ڈھونڈھ ماری مگر کوئی نہیں جانتا۔ اس نام کا تو کوئی گاؤں واؤں اس ضلع میں ہے نہیں۔" رونی نے آخر کو اگلا۔

"اتو ——— میں چیخی۔ اور پردے کے پیچھے سے بہت سی لڑکیوں کے فلک شگاف قہقہے میرے کانوں میں تیز تیز چھریوں کی طرح کھب گئے۔ سب لڑکیاں بھرّا مار کر کمرے میں گھس آئیں اور رونی کو گھیر لیا۔

"بڑا بھولا بھالا ہے تمہارا بھائی۔" عروج بولی اور سب لگیں بے تحاشہ ہنسنے پھر جو رونی اپنا ہیٹ چھوڑ کر بھاگا ہے تو میں اور بانی بانی

ہوگئی۔ اس دن شام کو ڈائننگ ہال میں عروج نے جو میرے بھائی صاحب کے بھولے پن کے تذکرے چٹ پٹ کرکے سنانا شروع کئے تو میں میز پر اپنے مرغوب شامی کبابوں کی بھری پلیٹ چھوڑ کر بھناتی ہوئی وہاں سے نکل گئی لیکن ان بدتمیز لڑکیوں کے قہقہوں نے دور تک میرا پیچھا نہ چھوڑا۔ بڑی آئیں ہنسنے والیاں میرا بھیّا روئی ابھی ہے ہی کتنا بڑا۔ چاہتی ہیں کہ وہ بوڑھے خرانٹوں جیسی باتیں کرے۔ میرا بھیّا۔ کیسا پیارا۔

تعارف : ہمایوں سُلطانہ

یہ تسلیم کرنا پڑیگا کہ ازدواجی زندگی میں رشک کا مادّہ مرد کے بالمقابل عورت کو زیادہ متاثر کرتا ہے۔ لیکن مرد کا رشک خود غرضی پر منحصر ہوتا ہے اور عورت کا رشک خلوص پر مبنی۔ مرد چاہتا ہے کہ اس کی بیوی کسی دوسرے مرد کو پسند نہ کرے۔ عورت چاہتی ہے کہ کوئی دوسری عورت اس کے شوہر کا دل نہ لبھائے۔ مقصد کے اِعتبار سے اصلیت دونوں کے جذبات کی یکساں سہی مگر زاویۂ نظر کی نزاکت قابل لحاظ ضرور کہی جا سکتی ہے۔ اِس نوع کا جذبۂ رشک احساس محبت کے ساتھ ساتھ پیدا ہوتا ہے لیکن یہ ضروری نہیں کہ اس کے انجام تک برقرار رہے کیونکہ رشک کی بنیاد کبھی کبھی شکوک پر قائم ہوتی ہے اور اگر شک یقین کی صورت میں تبدیل ہونے کی بجائے غلط فہمیوں کا پردہ چاک کر دے تو انکشافِ حقیقت محبت کے رشتے کو زیادہ استوار کر دیتا ہے جیسا کہ قدسیہ کے اس حادثۂ زندگی سے ثابت ہے جسے ہمایوں سلطانہ نے زبان کی لطافت و شیرینی کے ساتھ لائق تحسین انداز میں لکھا ہے۔ اس افسانے میں، پلاٹ سے قطع نظر، الفاظ کی برجستگی اور جملوں کی حسین بندش قارئین سے داد دیئے بغیر نہیں رہ سکتی۔

ان کے حالات زندگی حسب ذیل ہیں:۔

"میں نے اُردو اور فارسی تعلیم گھر کی محدود فضا میں پائی۔ ادب سے تعلق سرمدی رکھتی تھی۔ کیونکہ غالب اور

مصطفیٰ خاں شیفتہ کے خاندان سے ہوں۔ منظومات کے علاوہ اکثر افسانے نظر سے گزرتے رہے، جن میں خواتین کے رشحاتِ قلم بھی شامل تھے۔ بعض کی حقائق نگاری نے خیال دلایا کہ نمونتاً کچھ میں بھی پیش کروں۔ شاید کامیاب ہو سکوں اور دوسری بہنوں کا میلانِ طبع معاشرتی اور گھریلو افسانے لکھنے کی جانب ہو جائے۔ چنانچہ دو چار افسانے سپردِ قلم کئے لیکن والدین نے ان کی اشاعت کی اجازت نہ دی۔ مصلحتاً خاموش ہو جانا پڑا۔ پھر حسنِ اتفاق سے میری شادی ایک ایسی ہستی سے ہو گئی جسے پہلے سے میدانِ ادب میں صاحبِ قلم ہونے کا بلند مرتبہ حاصل تھا اب انھیں کوئی اعتراض نہیں تھا، اس لئے یہ سلسلہ شروع کر دیا۔ تاہم مجھ پر یہ مثل صادق آتی ہے کہ جب دانت تھے تو چنے نہ تھے۔ اب چنے ہیں تو دانت نہیں۔ پہلے فرصت تھی لیکن حکمِ قلم بندی نافذ۔ اب کوئی قدغن نہیں تو فرصت عنقا۔ لہٰذا ازدواجی زندگی کے بکھیڑوں سے چرائے ہوئے چند لمحے خدمتِ ادب کے لئے وقف کر دیتی ہوں۔"

ہمایوں سلطانہ

غلط فہمی

قدسیہ آج کچھ غیر معمولی طور پر پریشان اور اداس بیٹھی تھی۔ اس کی نرگسی آنکھیں آنسوؤں سے شبنم آلود ہو جاتیں ——— بار بار نظر اٹھا کر ہر نا معلوم کھٹکے پر دروازہ کی طرف دیکھتی . . . . . . گویا وہ کسی کی منتظر تھی۔

قدسیہ (آپ ہی آپ مسکرا کر) "میری زندگی کا واحد مشغلہ۔ انتظار۔ لیکن کس کا؟" وہ آہستہ آہستہ گنگنانے لگی۔

ہم کو ان سے وفا کی ہے اُمید
جو نہیں جانتے وفا کیا ہے

قدسیہ۔ آج میری آنکھیں کھل گئیں مجھے آج معلوم ہوا کہ جس کو میں محبت تصور کر رہی تھی وہ محض دھوکا تھا۔ ایک دل فریب مذاق ——— لیکن نہیں شاید مجھے دھوکا ہوا ہو۔ غلط فہمی ہوئی ہو . . . . . . قدسیہ زیادہ اپنے کو دھوکا نہ دے۔ کسی نے سچ کہا ہے مرد کی ذات سے کبھی وفا کی امید نہیں رکھنی چاہیئے ——— آخر مجھ سے چھپانے کی کیا ضرورت

تھی۔ مجھے بتایا کیوں نہیں۔ وہ تو مجھ سے کبھی کوئی بات چھپاتے نہیں۔ میں تو ایسا ہی سمجھتی تھی۔ لیکن اب پتہ چلا۔ یہ جھوٹی محبت جتا کر مجھے طفل تسلیاں دی جاتی ہیں ——— میں حیران ہوں کہ وہ خوش نصیب ہے کون؟ یہ "خط" یہ "گلاب کا پھول" اور یہ "رومال"۔

قدسیہ نے اپنی جیب میں سے ایک گلابی ریشمی رومال نکالا۔ عطر میں ڈوبا ہوا تھا۔ خاک کے پتلے نے پھولوں کی روح کھینچ لی تھی۔ قدسیہ نے اسے سونگھا اور نفرت سے پھینک دیا۔ دونوں ہاتھوں سے منہ چھپا کر رونے لگی۔ اور دیر تک روتی رہی۔

رات کے گیارہ بجے کمرے کی خاموش فضا میں ہلکی ہلکی معصوم زخمی دل کی سسکیاں جن کا گھنٹے کی ٹک ٹک کے سوا کوئی ہم آہنگ نہ تھا ——— محبت کی نگری میں آگ لگی تھی ہر طرف دھواں ہی دھواں تھا شعلے بھڑک رہے تھے جن کو اشکوں سے بجھانے کی ناکام کوشش کیجا رہی تھی۔ قدسیہ نے تھک کر سر اٹھایا اور امید و یاس سے دروازہ کی طرف تکنے لگی اور تخیل کی ویرانیوں میں خدا جانے کہاں سے کہاں پہنچ گئی۔

قدسیہ دل ہی دل میں کہنے لگی "میں نے عہد کیا تھا کہ میں کبھی جہانگیر کی غیرموجودگی میں اس کی کسی چیز کو نہیں چھوؤں گی۔ اس کی الماری کو ہاتھ نہیں لگاؤں گی۔ اس کی رائٹنگ ٹیبل کو صاف نہیں کروں گی۔ جہانگیر کی ڈاک نہیں کھولوں گی۔ خدایا یہ آج مجھ سے کیسی غلطی ہوئی۔ کیوں میں نے اپنے سکون کو اپنے ہاتھوں برباد کیا۔ اس نے اور کوٹ کی جیب میں ہاتھ ڈال کر ایک لفافہ نکالا۔ اس میں چند چاک شدہ خط کے پرزے تھے۔ اور ایک گلاب کا پھول۔ قدسیہ نے بہت کوشش کی یہ ٹکڑے جوڑ کر تحریر کا

کوئی مسلسل مطلب معلوم کر سکے۔ لیکن وہ ایسی ہوشیاری سے چاک کئے گئے تھے کہ کسی طرح صحیح عبارت کا پتہ نہیں چلتا تھا کہ کون ہے، کس کا خط ہے بمشکل صرف اتنا پڑھا گیا—— ہوٹل —— پانچ بجے —— —— ——

ملاقات —— منتظر —— وعدہ —— یاد ——

لیکن اس سے کچھ ٹھیک پتہ نہ چلا کہ کون ہوٹل میں پانچ بجے منتظر ملاقات ہے جس سے وعدہ بھی کیا گیا ہے۔ جس کو وہ یاد دلا رہا ہے۔ لیکن خط چونکہ معطر تھا گلاب کا پھول اور ریشمی رومال ساتھ، نیز عورت کی تحریر اس لئے یقیناً شبہ کی کافی گنجائش تھی۔ مزید برآں اس احتیاط سے دراز کے خانہ میں رکھنا خالی از علت نہ تھا۔ قدسیہ کا دل بھر آیا اور وہ میز پر سر رکھکر رونے لگی۔ ایسا معلوم ہوتا تھا جیسے کوئی مسرورحیات اپنی کشتی سکون و اعتماد کے سمندر میں محبت کے چپوؤں سے کھیتا چلا جا رہا ہو، اور ہاتھ سے چپو چھوٹ جائے اور وہ بیکسی کے عالم میں لہروں کے رحم و کرم پر کنارے کو تک رہا ہو۔

اس کو خیال آیا کہ رومال اور لفافہ واپس دراز میں رکھدے۔ وہ اٹھکر جہانگیر کی مختصر سی لائبریری میں گئی لیکن جوں ہی میز کا خانہ کھول کر رکھنے لگی تو پھر کچھ سوچکر رک گئی —— نہیں، یہ میں واپس نہیں رکھوں گی۔ یہ تو ثبوت ہے۔ میرے پاس رہیگا۔

قدسیہ سوچ رہی تھی کہ کیا کرے۔ یہ بھید کس طرح معلوم کرے۔ کیا سب کچھ بتا کر جہانگیر سے دریافت کرلے کہ یہ ماجرا کیا ہے —— لیکن نہیں وہ قسمیں کھا کر مجھے یقین دلا دے گا کہ وہ بالکل لاعلم ہے۔ اسے نہیں معلوم کس کا ہے۔ کوئی بھول گیا ہوگا۔ اتفاق سے چھوڑ گیا ہوگا —— لیکن نہیں یہ میں کیا کہہ رہی ہوں۔ جہانگیر اتنا بدطینت نہیں وہ مجھکو ایسا فریب دے

نہیں دے سکتا۔ مجھے یہ غلط شبہ ہوا۔ خدا کرے کسی اور کا ہو۔ میرا جہانگیر مجھے ایسا خطرناک فریب تو نہیں دے سکتا۔ ضرور یہ کسی اور ہی کا ہے۔ مجھے بلا وجہ شبہ ہوا۔ خدایا مجھے معاف کریں نے جہانگیر کی بابت غلط خیالات کئے۔

قدسیہ دل ہی دل میں زمانہ ماضی کی ورق گردانی کرنے لگی ——

"اف وہ زندگی کا ابتدائی دور —— پناہ بخدا۔ میں ہی سخت جان تھی جو خاموشی سے جھیل گئی۔ دوسری کوئی ہوتی تو یقیناً عدم آباد کر چکی ہوتی۔ مجھے یاد ہیں جہانگیر تمہاری وہ بے اعتنائیاں، لاپروائیاں وہ غصہ۔ بلاوجہ خفگیاں۔ وہ دو دو تین تین بجے رات کو آنا۔ وہ میری اختر شماری، وہ تمہاری غفلت شعاری میرا تھک کر انتظار کرتے کرتے ڈرائنگ روم میں صوفہ پر سو جانا۔ واپس آکر تلافی بھی نہ کرنا۔ حضرت مجھکو بغیر جگائے اپنی مسہری پر آرام سے سو جایا کرتے تھے۔ ہاں ہاں مجھے یاد ہے۔ ذرا ذرا یاد ہے —— گویا میں ایک بے جان شئے تھی۔ اور میں نے بھی اپنے کو بے حس و بے جان بنا لیا تھا —— انسان جانور بھی پالتا ہے تو اس کی خبر گیری کرتا ہے جب باہر سے آتا ہے تو اس کی پرستش کرتا ہے۔ لیکن خیر۔ پرانے زخموں کو چھیڑنے سے فائدہ۔ جلی ہوئی راکھ کو کریدنے سے حاصل۔ جانے دے قدسیہ کیوں گئی گذری باتوں کو یاد کر کے افسردہ ہوتی ہے۔ تیرے لئے یہی کافی ہے۔ اس خیال میں خوش رہ کہ جہانگیر تیرا ہے۔ تجھکو چاہتا ہے۔ خواہ دل سے یا صرف تیرے خوش کرنے کو۔ اس فریب کے سنہری گھوارے میں زندگی تو سکون سے گزر جائے گی اگر تو نے شکایت بھی کی تو کیا۔ ؎

شکوہ کرنے سے وہ نہر خفا ہوتا ہے
یوں بھی مت کہہ کہ یوں کہنے سے گلہ ہوتا ہے

اِتنے میں ہارن بجا اور نواب زادہ جہانگیر قدر کی موٹر پورٹیکو میں آکر رکی۔ قدسیہ نے پریشان بال سنبھالے اور جلدی سے آنسو خشک کر چہرے پر مسکراہٹ لے شوہر کے اِستقبال کو خندہ پیشانی سے کھڑی ہوگئی۔

جہانگیر قدر کمرے میں داخل ہوتے ہی ایک تھکے راہی کی طرح ہیٹ کو فرش پر ٹپک صوفہ پر بیٹھ گئے اور بولے "کہو بانو ئے من کیا ہو رہا ہے۔ اُف۔ بہت تھک گیا۔ توبہ جان نکل گئی"۔

قدسیہ:۔ (ہنسکر) جی میرا تو بس ایک ہی کام ہے۔ یعنی آپ کا اِنتظار آپ کہیئے شکار کیسا ہوا؟ کتنے ہرن مارے؟

جہانگیر۔ بس کچھ نہ پوچھو بانو (جہانگیر نے بھویں تان کر کہا) ناچیز نے ایک ایک فیر میں چار چار ہرن گرائے اور سب کے سب بانٹ کر آگیا۔ اور کیا کرتا؟ میں نے کہا بانو کو تو شکار کا گوشت زیادہ پسند نہیں۔ صرف ایک ہرن موٹر میں ڈلوا لایا۔ اسکا روسٹ بنوالینا۔ کل کچھ اصحاب چائے پر آرہے ہیں۔ بانو تو اب ذرا جلدی سے کھانا کھلوادو پھر ہم پڑکر سورہیں توبہ بہت تھک گیا۔

قدسیہ نے فوراً کھانا گرم کروا کر شوہر کے سامنے چنا۔ خود سامنے بیٹھی رہی۔ بھوکا مرد اور وہ بھی شکاری، کھانا کھا رہا تھا۔ مظلوم عورت خون جگر پی رہی تھی۔

جہانگیر کھانا کھا مسہری میں لیٹ فوراً ہی سوگیا اور قدسیہ پھر اپنے دل کی پریشانیوں میں گھری دل سے باتیں کرنے لگی۔ قدسیہ نہایت حساس، متین اور سنجیدہ لڑکی تھی اسے اپنے شوہر سے والہانہ محبت تھی اور چاہتی تھی کہ اس کا شوہر بھی اسے اسی قدر چاہے ——

وہ ایک جوشیلا' شوقین مزاج ، رئیس خاندان کا لڑکا تھا۔ زندہ دل، ہنگامہ پسند طبیعت کا مالک۔ برخلاف اس کے قدسیہ خاموش، سنجیدہ اور سکون پسند تھی۔ یہی اختلاف طبع تھا جس کی وجہ سے جہانگیر کا بیشتر وقت جلسوں پارٹیوں، ملاقاتوں اور سیر و شکار میں گزرتا تھا۔ اور قدسیہ تنہا بیٹھی ایک لمحۂ محبت کا انتظار کرتی رہتی —— قدسیہ چاہتی تھی کہ گھر کی پرسکون فضا میں دونوں میٹھے باتیں کریں۔ گاہ گاہ سیر و تفریح کو بھی ساتھ جائیں لیکن یہ اُسے کہاں نصیب ہو سکتا تھا۔ جہانگیر قدر ٹھیرے ایک نواب خوش دل و خوش اَوقات۔ ان کے ہاں سدا دن عید تھی تو رات شب برات۔ بھلا وہ گھر کی کابک میں بیٹھ کر گھر کی مرغی دال برابر سے کیا باتیں کرتے۔

جہانگیر قدر محفل رنگ و بو کا گلِ صد برگ تھا۔ قدسیہ گل یاسمین تھی لیکن گلاس کیس کی پروردہ۔ وہ ہا و ہو کا عادی' یہ نوائے زیر لب کی خوگر۔ یہ تھی وجہ کہ جہانگیر قدر کا دل بیوی کے پاس زیادہ نہیں لگتا تھا اور قدسیہ کسی کے انتظار میں بیٹھی شب و روز گزارا کرتی۔ اور جہانگیر احباب کے ساتھ خوش گپیوں' قہقہوں' چہچہوں میں مہ و سال گزارتے۔ بہت کیا تو بیوی کی خوشنودی خاطر کے خیال سے پندرہ بیس منٹ کو اس غریب کے پاس آ بیٹھے۔ کچھ اپنے اور کچھ اپنے دوستوں کے ذکر اذکار کیے اور یہ جا وہ جا —— مگر اب یہ دور گزر چکا تھا۔ قدسیہ جیسی ہی صابر و شاکر لڑکی تھی جس نے خون کے سے گھونٹ پی پی کر خندہ پیشانی سے یہ زمانہ گزارا اور زبان پر حرف شکایت نہ لائی اب کچھ عرصے سے دونوں میاں بیوی خوش نظر آتے تھے۔

آج اتفاق سے قدسیہ نے میز کا خانہ صاف کرنے کی غرض سے کھولا

تو اس میں سے ایک لفافہ اور رومال اور پھول نکلا۔ جس نے اس کے سکون دل کو تہ و بالا کر ڈالا ———— وہ خاموش پڑی آنسو بہا رہی تھی اور سوچ رہی تھی کہ آخر ان چیزوں کی بابت کس طرح معلوم کرے۔ کیونکر اپنے شبہ کو غلط ثابت کرے۔ جہانگیر سے اِس رستے ہوئے زخم دل کے لئے مرہم کیونکر مانگے۔ قدسیہ کو اپنے شوہر سے بے اِنتہا محبت تھی اور اسی قدر اس کا خیال کرتی اور اس سے ڈرتی بھی تھی۔ اسے خوف تھا کہ اگر یہ چیزیں جہانگیر کو دکھا کر کچھ پوچھا اور وہ بگڑ گیا تو ———— وہ دنیا کی ہر آفت و مصیبت کو خندہ پیشانی سے برداشت کر سکتی تھی۔ لیکن جہانگیر کے بگڑے تیور اس کے لئے پیام موت سے کم نہ تھے ———— قدسیہ جب صبح اٹھی تو رات بھر کے جاگنے اور رونے سے چہرہ اترا ہوا تھا۔ اس کو امید نہ تھی کہ اس کا شوہر اس غیر معمولی تغیر رنگ کو محسوس کرے گا۔ چونکہ بارہا ایسا ہوا تھا کہ وہ رات رات بھر روئی اس اُمید پر کہ صبح اپنے شوہر کے سامنے جائے گی تو اس کو بیوی کی افسردگی کا احساس ہوگا۔ لیکن بے سود۔ وہ سدا مایوس رہی۔ قدسیہ ایک نازک مزاج اور خود دار لڑکی تھی۔ وہ خود ذرا ذرا سی بات پر لڑنا جھگڑنا، شکوہ شکایت پسند نہیں کرتی تھی۔ لیکن چاہتی تھی کہ "کاش پوچھو کہ مدعا کیا ہے۔"

قدسیہ بیٹھی جہانگیر کے لئے چائے بنا رہی تھی۔ اس کے دل میں سخت بدگمانی تھی اور ہزاروں شکوہ وہ اپنے سینہ میں تلاطم و طوفان لئے خاموش بیٹھی تھی۔

جہانگیر۔ (قدسیہ کی طرف دیکھکر) ارے قدسیہ کیسی طبیعت ہے تمہاری۔ آج چہرا کیوں اترا ہوا ہے کیا بات ہے بانوئے من۔

قدسیہ آنکھیں نیچی کئے بیٹھی رہی اور کوئی جواب نہ دیا۔ اس کا دِل سینہ میں

خون ہو رہا تھا۔ لیکن نہیں چاہتی تھی کہ اس کا اظہار جہانگیر پر کرے۔ حالانکہ تقاضائے محبت یہ تھا کہ آج جہانگیر کو پکڑ کر جھنجوڑ ڈالے۔ اپنے ایثار و محبت کے تمام احسانات جتائے اس کے بدلے میں محبت کی قیمت محبت سے طلب کرے۔ دل کہتا تھا کہ روٹھ جائے بات نہ کرے۔ ہزاروں منتوں اور التجاؤں کے بعد ناراضگی کا سبب بتائے۔ اپنا دل چاک کر کے جہانگیر کو دکھائے اور اس کا سینہ چیر کر دیکھے کہ قدسیہ کے لئے کتنی گنجائش ہے۔

قدسیہ محبت کی بھوکی تھی وہ چاہتی تھی جہانگیر صرف اسے چاہے اس کو دیکھے۔ قدسیہ کی آنکھوں میں خون اتر آتا اگر وہ جہانگیر کو کسی کی طرف دیکھتے دیکھ لیتی تھی اور یہ عورت کی فطرت ہے۔ اول تو عورت کو محبت مشکل سے ہوتی ہے۔ وہ مرد کی طرح ہر صورت خوش دیکھکر آہیں نہیں بھرتی مرد کا جذبۂ محبت جسم تک محدود ہے۔ عورت کی محبت روح سے ہم رشتہ جب یہ پیکرِ وفا زندگی میں کسی سے محبت کرتی ہے تو چاہتی ہے کہ محبت کا جواب بھی محبت سے ملے اگر اس میں اس کو مایوسی ہوتی ہے یا کمی معلوم ہوتی ہے تو اس کا دل خون ہو جاتا ہے۔ وہ زندگی سے بیزار ہو جاتی ہے۔ عورت زندگی میں صرف ایک ہی سے محبت کرتی ہے اور جس سے محبت کرتی ہے اس کو اپنا اور صرف اپنا کر لینا چاہتی ہے۔ ؎

شرکتِ غم بھی نہیں چاہتی غیرت اسکی
غیر کی ہو کے رہے یا شبِ فرقت اسکی

عورت کی طبع و سرشت میں ہرجائی پن نہیں۔ نہ وہ شرکتِ غیر ہی کو گوارا کرتی ہے۔ قدسیہ کے منہ سے یہ خیالات ٹوٹے ٹوٹے الفاظ میں نکل گئے اور وہ رونے لگی۔

جہانگیر۔ (سخت حیرانی کے عالم میں) " آخر معاملہ کیا ہے۔ قدسیہ۔ تم کو آج یہ ہو کیا گیا ہے۔ کچھ کہو تو بات کیا ہے؟" لیکن یہ اس کی عادت کے خلاف تھا کہ وہ کسی بات کو اصرار کے ساتھ دریافت کرے، صرف اِتنا پوچھا کہ قدسیہ بیگم کچھ کہو گی بھی یا یوں ہی روتی رہو گی۔ چونکہ جہانگیر کو کہیں جانا تھا دو تین بار دریافت کرنے کے بعد جھنجلا کر بولا:" روتوں کو بہلانا میرا کام نہیں نہ مجھکو اتنی فرصت۔ نہیں بتاتیں نہ بتاؤ ——— تم جانو ——— میں جا رہا ہوں"

جہانگیر اٹھ کر چل دیا۔ قدسیہ کا دل بیٹھ گیا وہ دیر تک بیٹھی روتی رہی پھر ملازمہ کو بلا کر کہا کہ ڈرائیور سے کہو کہ موٹر لائے اور اپنے کمرے میں جا کر جہانگیر کے نام خط لکھنا شروع کیا۔

" جہانگیر! خدا حافظ تمہاری بے اِعتنائی اور لاپروائی حد سے گزر گئی ہے۔ اَب مجھ میں تاب ضبط نہیں۔ کیا تم مجھ سے محبت نہیں کرتے؟ کیا تم نے اپنے محبت کے وعدے بھلا دیئے؟ کیا اِسی کا نام محبت ہے؟ کیا تم میرے آنسو پونچھ کر اِتنا نہ پوچھ سکتے تھے کہ آخر شکایت کیا ہے؟ جب تم کو اِتنی بھی فرصت اور مہلت نہیں تو پھر مجھے تمہارے پاس رہنے سے فائدہ؟ مجھے تم سے شکوہ نہیں۔ گِلہ مقدر کا ہے۔ کاش تم میرے لئے ہوتے اور صرف میرے لئے۔ خدا کرے تم ہمیشہ خوش رہو۔ میں جا رہی ہوں اور شاید ہمیشہ کے لئے تمہیں مجھ سے محبت نہیں۔ تم مجھ سے دور دور رہتے ہو۔ آخر سوچو کہ میرے بھی کچھ حقوق ہیں۔ خالی ایک سُنہری پنجرہ میں بٹھا کر دانہ پانی دینے سے کوئی پرندہ خوش نہیں رہ سکتا۔ اس کو مالک کی دو میٹھی اور حوصلہ افزا باتیں بھی چاہئیں۔ شفقت کا ہاتھ بھی۔ میں ہر حال میں تم کو یاد رکھوں گی۔ تمہاری یاد میری زندگی ہے اور تمہاری محبت میری روح۔ بے روح کے زندگی ناممکن ہے۔ تم سے اُمید نہیں کہ کبھی یاد کرو گے۔ افسوس تو

ایسی لگا ہے کہ میرے بعد زمانہ تم کو اتنی مہلت ہی نہ دے گا کہ تمہیں میری یاد آسکے۔ گوناگوں مصروفیات اتنی فرصت نہ دیں گی کہ کسی از یار رفتہ بدنصیب کو یاد کرلو۔

"الوداع جہانگیر! الوداع۔"

قدسیہ خط لکھ کر میز پر رکھ دیتی ہے اور پہلی ٹرین سے لکھنو روانہ ہو جاتی ہے اس کے ماں باپ اس طرح اچانک آجانے پر خوش بھی ہیں اور حیران بھی۔ قدسیہ نے صرف اتنا کہا کہ "بہت دن سے خط نہیں آیا تھا۔ میرا دل پریشان ہوا اس لئے چلی آئی کہ خدا معلوم کیا سبب ہے خط کیوں نہیں لکھا؟" اس کے والدین بیٹی کی غیر معمولی خموشی سے پریشان تھے کہ ضرور کچھ نہ کچھ بات ہے ورنہ قدسیہ جیسی ہنس مکھ خوش مزاج لڑکی یوں خاموش نہیں ہو سکتی۔ اس کی والدہ نے کئی بار دریافت بھی کیا کہ "قدسیہ کیا بات ہے تو ہنستی نہیں۔ کسی سے بات نہیں کرتی۔ سینما تک نہیں جاتی۔ سینما کا تو تجھے بیحد شوق تھا۔ تجھکو کیا ہو گیا ہے۔ آخر یہ ہر وقت چپ بیٹھی کیا سوچا کرتی ہے تجھکو کوئی فکر ہے۔ کوئی تکلیف ہے؟"

قدسیہ کبھی سر کے درد کا بہانہ کر کے چپ ہو رہتی۔ کبھی پھیکی سی مسکراہٹ کے ساتھ یہ کہہ کر بات ٹال دیتی۔ جی نہیں امی میں تو بالکل اچھی ہوں کوئی بھی بات نہیں۔ وہ جانتی تھی کہ اب ان سے کہنا بیکار ہے ان کے پاس میرے درد کی دوا نہیں۔ خاموش دل ہی دل میں گھٹتے رہنے سے آخرکار قدسیہ کو اختلاج قلب کے دورہ پڑنے لگے۔ رفتہ رفتہ صاحب فراش ہو گئی اس عرصہ میں جہانگیر قدر کے صرف دو خط آئے وہ بھی مختصر سے اپنی مجبوریوں اور مصروفیات کا بیان۔ جاگیر کا اتنا کام کرنا ہے۔ فلاں گاؤں کا مقدمہ ہے۔

وغیرہ وغیرہ۔ غرض یہ کہ جہانگیر بھی قدسیہ کے اِس طرح اچانک چلے جانے پر کچھ کبیدہ خاطر سا ہوگیا تھا۔ خودداری و خودسری کی جنگ تھی۔

کچھ ہم کھنچے کھنچے رہے کچھ تم کھنچے کھنچے
اِس کشمکش میں ٹوٹ گیا رشتہ چاہ کا

حقیقت میں جہانگیر جان کر اس کے ساتھ تغافل و سرد مہری برت رہا تھا۔ چاہتا تھا کہ قدسیہ خود بتائے کہ وجہ کشیدگی کیا ہے۔ ادھر قدسیہ کی خودداری اجازت نہیں دیتی تھی کہ حرف مدعا زبان پر لائے۔ جہانگیر جانتا تھا کہ بیوی کی ناراضگی ہی کیا۔ دو چار جھوٹی سچی باتیں بنائیں، کچھ اظہار محبت کیا ذرا اکڑے، بیوی خود ٹھیک ہو جائے گی۔ اس کو جھوٹے اور سچے گوہر کی پہچان نہ تھی۔ وہ ایک بے فکرا سوداگر تھا۔ نفع نقصان سے بے نیاز ایک الھڑ کھلاڑی تھا ہار جیت سے ناآشنا۔ دل کی بازی کبھی لگائی نہ تھی کہ صدائے شکست دل کو سمجھ سکتا اس کے خیال میں وفا و محبت کے الفاظ تھے محروم معنیٰ اسے کیا خبر تھی کہ ؎

گر صد ہزار لعل و گہر می دہی چہ سود
دل را شکستہ نہ کہ گوہر شکستہ

ادھر قدسیہ کے والدین سخت پریشان ہوئے جاتے تھے۔ کئی بار باپ نے چاہا کہ جہانگیر کو تار دیکر بلائے۔ لیکن قدسیہ نے بات بنا کر ٹال دیا۔ کہدیا میں ابھی اچھی ہوں۔ تار سے پریشان ہو کر چلے آئیں گے۔ ان کے کاموں میں ہرج ہوگا۔ انھوں نے تو آنے کو لکھا تھا میں نے ہی روک دیا کہ کام چھوڑ کر نہ آنا ——— تقاضائے خودداری یہ تھا کہ جب ان کو خود میرے دیکھنے کا خیال نہیں تو میں کیوں بلا کر اپنا حال دکھاؤں۔ کیا ان کو میرے اِس طرح

چلے آنے کا احساس نہیں۔ آخر انھیں خود بھی تو آ کر مجھ سے صلح صفائی کرنی تھی جب کوئی بات ہی نہ تھی تو خود آنا چاہیئے تھا۔ غرض یہ کہ ادھر یہ خودداری ادھر یہ بدگمانی ؎

وہ اپنی خو نہ چھوڑیں گے ہم اپنی وضع کیوں بدلیں
سبک سر بن کے کیا پوچھیں کہ ہم سے سرگراں کیوں ہو

جہانگیر قدسیہ کے اشارہ کا منتظر تھا اور قدسیہ جہانگیر کی آمد کی۔

نیرِ اعظم اپنی مسافت ختم کر کے سرخ رو منزل پر کھڑا زمانہ پر ایک نگہ غلط انداز ڈال رہا ہے۔ سرخی شفق سے مطلع خون آلود ہے۔ فرش زمردیں پر حوض کے کنارے چند کرسیاں پڑی ہیں۔ ایک کرسی پر جہانگیر خاموش کسی گہری سوچ میں ڈوبا بیٹھا ہے کہ سامنے سے مرزا وجاہت سر پر بانکی ادا سے ہیٹ لگائے بید ہلاتے ہوئے آئے اور ایک کرسی قریب سرکا کر بیٹھ گئے۔

وجاہت مرزا:۔ کہیئے نواب صاحب خیریت تو ہے آج کسی فکر میں معلوم ہوتے ہیں۔ نصیب دشمناں مزاج تو اچھا ہے۔ چہرہ اترا ہوا ہے طبیعت اداس اداس معلوم ہوتی ہے کیا کسی سے عشق ہو گیا؟

جہانگیر قدر:۔ یہ مرض جناب ہی کو ہو گا۔ آپ ہی یہ روگ لگا بیٹھے ہیں۔

وجاہت مرزا:۔ ارے میاں واہ مدت ہوئی۔ بارہا یہ روگ الگ کر چکے اور اب تو بالکل معاملہ دو ٹوک ہے۔ آج اسی واسطے تو میں آیا ہوں۔ لاؤ وہ میری امانت۔

جہانگیر: کیسی امانت۔

وجاہت مرزا۔ ارے صاحب۔ وہی جو اس کمبخت اینگلو انڈین نے رومال اور گلاب کا پھول دیا تھا۔ میں اس روز تمہاری میز پر بھول کر چلا گیا تھا۔

جہانگیر:- ہاں ٹھیک ہے۔ میں تو رکھکر بھول ہی گیا۔ میز کی دراز میں رکھدیا تھا۔ آخر ماجرا تو کہو کیوں قطع تعلق ہوگیا۔ تم تو شادی کرنے کو تھے۔

وجاہت مرزا:- ارے یار کیا کہوں بڑی داستان ہے کبھی فرصت میں سنا دونگا۔ بس کچھ نہ پوچھو اچھا ہی ہوا اس روز ہوٹل کی دعوت میں تم نہ آئے ــــ خدا بچائے اِن حسینان مغربی سے۔ اجی صاحب اس روز اس کے کوئی پرانے دوست مِل گئے۔ وہ تو میاں ایسی کو رہی ہوئی۔ ایسی آنکھیں پھیر ان کے ساتھ ہولی گویا ہم سے کوئی واسطہ ہی نہ تھا اور کیوں نہ جاتی وہ ٹھیرے کپتان صاحب۔

جہانگیر:- (ہنسکر) خوب۔ خوب تو یوں فرمائیے کہ وہ آپ کا حسین آبنوسی چہرہ، فرنچ کٹ ڈاڑھی اس پر خنجر نما مونچھیں چھوڑ کر دغا دے گئی۔ ہم نہ کہتے تھے کہ اُلّو بنا رہی ہے اُلّو۔ ہوشیار رہنا اس کا نام مس مارگریٹ ہے۔ یہ گرگٹ کے سے رنگ بدلتی ہے۔

یہ دونوں دوست اُٹھکر اندر گئے۔ جہانگیر نے میز کا خانہ کھول کر رومال اور گلاب کا پھول دینا چاہا۔ وہاں کچھ بھی نہ تھا۔ پہلے تو اس نے اِدھر اُدھر تلاش کیا۔ پھر یکایک اس کو خیال آیا۔

جہانگیر (کچھ سوچتے ہوئے اپنے ہونٹ دانتوں سے دبا کر) غضب ہوگیا۔ سخت خطرناک غلطی۔ میں نے خیال ہی نہ کیا۔ جہانگیر سر پکڑ کر کرسی پر بیٹھ گیا۔ اتنے میں ملازم تار لے کر آیا۔ تار پڑھتے ہی وہ تڑپ کر کھڑا ہوگیا۔ ٹرین کا وقت نہ تھا اس پر پل پل بھاری تھی۔ ڈرائیور سے کہا موٹر کو دیکھو ابھی لکھنؤ چلنا ہے

وجاہت مرزا اس عرصہ میں تصویر حیرت بنے بیٹھے رہے۔ کچھ کہنا چاہا ہیں نہ کھولیں، زبان ہلائیں پر الفاظ برآمد نہ ہو۔ موٹر آگئی۔ جہانگیر نے ان حضرت کا کان پکڑ ساتھ بٹھالیا۔ بولا:" تو نے میرا گھر بگڑوایا ہے اب چل میرے ساتھ"

جہانگیر جس وقت بیوی کے گھر پہنچا تو دیکھا۔ تین چار ڈاکٹر سر جوڑے بیٹھے ہیں معلوم ہوا کہ ابھی سخت دورہ پڑا تھا۔ معالجین کی رائے ہے کہ ایک اور پڑ گیا تو جانبر نہیں ہو سکیں گی۔ جہانگیر کو دنیا اندھیر نظر آنے لگی۔ ڈاکٹر سے پانچ منٹ کی اجازت لے کر کمرے میں گیا۔ شریک حیات مرگ و زیست کے درمیان پڑی تھی۔ ماتھے پر ہاتھ رکھا۔ منہ سے آہستہ آہستہ اس کا نام لیا۔ وفا شعار بیوی شوہر کی آواز پر مرتے ہوئے بھی چونک پڑی۔ آنکھیں ڈگر ڈگر کر رہی تھیں۔ جیسے محبت کے ساگر میں لنگر بریدہ کشتی ڈگمگائے۔ نہایت کمزور آواز میں کہا:- آپ آ گئے شکر ہے صورت دیکھ لی۔ جہانگیر کی آنکھوں سے دو آنسو قدسیہ کے چہرے پر ٹپک پڑے۔ عارض پژمردہ میں رنگت دوڑ گئی جیسے قطرۂ شبنم سے گل شگفتہ ہو جائے۔ بولی۔

نہ جانا کہ دنیا سے جاتا ہے کوئی
بہت دیر کی مہرباں آتے آتے

جہانگیر نے پیر پکڑ لئے اور کہا:" خدا کے لئے مجھے معاف کر دو۔ قدسیہ خدا گواہ ہے میں بے قصور ہوں۔ تم کو غلط فہمی ہوئی۔ مجھکو ابھی ابھی پتہ چلا یہ ساری مردود وجاہت مرزا کے کئے کوتک ہیں۔ اس کو کان پکڑ کر ساتھ لایا ہوں۔ راستہ بھر پائیدان میں منہ دیئے ہوئے آیا ہے۔ میں موٹر ساٹھ ستر میل کی رفتار سے لایا ہوں۔"

قدسیہ:- کیا آپ موٹر سے آئے ہیں۔

جہانگیر:- ہاں ٹرین کا وقت نہ تھا۔ میں سب کچھ بتا دوں گا۔ خدا کے واسطے۔ قدسیہ میری زندگی تباہ نہ کر، تیرے بغیر میں نہیں جی سکوں گا۔ تو نہیں جانتی میں تجھکو کس درجہ چاہتا ہوں۔

قدسیہ نے اشارے سے پاس بلایا۔ ہاتھ کو بوسہ دیا۔ کہا میرا علاج ہو گیا۔ آپ فکر نہ کریں۔ غلط فہمی اور بدگمانی کے آتشین شعلوں نے قدسیہ کی کشت حیات جھلسا دی تھی۔ اب صبائے محبت کے خوشگوار جھونکوں نے سرسبز کر دیا۔ عورت کے دل کی کلی چھوئی موئی کی کیفیت رکھتی ہے۔ منٹوں میں مرجھا جاتی ہے اور سیکنڈوں میں کھل جاتی ہے۔ شگوفۂ دل مسکرایا۔ جسم پر رونق آگئی شگفتہ ہو گیا۔ غم خوشی سے بدل گیا۔ بیماری صحت سے ٹکڑے ہو چکے تھے۔ محبت رنگ جما رہی تھی۔ جہانگیر بیوی کی پٹی پکڑ کر ہو بیٹھا۔ جب وہ اچھی ہوئی تب اٹھا۔ اس دوران میں وجاہت مرزا کا پیام آیا کہ بندہ نواز اب کپڑے بدن پر سے جھڑنے کو ہیں۔ پیسہ کوڑی ساتھ نہیں لایا۔ بیوی بگڑی بیٹھی ہے بھیجے کی خیر نہیں۔ ننگا رہنا جرم ہے اب آپ جو کہیں سو کروں۔ قدسیہ اس پیغام پر لوٹ لوٹ گئی۔ بولی خدا کی مار ان پر۔ غضب خدا کا اپنی صورت آئینہ میں دیکھیں پھر عشق بازی کرنے کا ارادہ کریں۔ کباڑ شاہی ٹوپی، پتلی سی چھڑی، چیچک زدہ سیاہ چہرہ۔ جیسے چتا ہوا توا۔ چگی ڈاڑھی نیش عقرب موچھیں۔ ڈیڑھ آنکھ کا عیب چھپانے دن رات سیاہ چشمہ لگانا۔ میں کہتی ہوں۔ انھیں یہ عشق چرایا کیونکر اور پھر وہ بھی خیر سے اینگلو انڈین کا۔ ہاں اگر نواب جہانگیر قدر بہادر کرتے تو ایک بات بھی تھی۔

تعارف : رفیقہ خاتون

امیر گھرانہ ہو یا غریب، عورت اور خصوصاً ایک ہندو عورت بیوہ ہو جانے کے بعد اپنے عزیز و اقارب کی نگاہ میں خار بن کر کھٹکنے لگتی ہے بیوگی کو بدقسمتی کا نتیجہ قرار دے کر اسے مطعون کیا جاتا ہے اور اس طرح اس کے لئے جو خود ہی غمگین و محزون ہو، زندگی تلخ سے تلخ تر بنا دی جاتی ہے۔ یہ روش کبھی خود عورت کے لئے جان لیوا ثابت ہوتی ہے اور کبھی ردِ عمل کے طور پر وہ سماج کے ماتھے پر بدنامی کا داغ لگا کر رسم و رواج کے بندھن توڑ ڈالتی ہے۔ رام کلی کو ڈائن اور ابھاگن ثابت کرنے کے لئے کسی قدر مولانا راشد الخیری کے انداز میں واقعات کو ضرورت سے زیادہ دردناک بنا دیا گیا ہے۔ چنانچہ بہت سی باتیں غیر فطری معلوم ہو کر افسانے کے مرکزی تاثر کو بڑھانے کی بجائے کم کر دیتی ہیں۔ البتہ منوہر کا کردار بڑی خوبی کے ساتھ پیش کیا گیا ہے۔

محترمہ رفیقہ خاتون نے اپنے حالاتِ زندگی قلمبند کرنے کی بجائے حسب ذیل سطور لکھی ہیں :-

"پچھلے چند سالوں میں اپنے دماغی البم میں سماجی زندگی کے رنگ برنگی معکوس شدہ نقشے نقشی ہوئے محسوس کر رہی ہوں۔ اور اس لئے میری بڑی خواہش ہے کہ میں ان عکوس کو اپنی قلم کی مدد سے سینۂ قرطاس

پر نمایاں کر سکوں ۔ مگر عدیم الفرصتی کا یہ عالم ہے کہ اتنی طویل
مدت میں صرف چند ہی عکسی اوراق اپنے دماغی البم سے
چاک کر سکی ہوں ۔ گو مجھے مسرت ہے کہ یہ میری قلیل
سی دبی مصوری اگرچہ کامیاب نہ سہی مگر ناگوار نہیں سمجھی
گئی ۔ پھر بھی حقیقتاً ادبی سرگرمیوں کے استفسار کا جہانتک
تعلق ہے میں محجوب ہوں ۔"

رفیقہ خاتون

ابھاگن

شہر سے بہت دور کالے رنگ کی پہاڑیوں کے بیچوں بیچ ایک چھوٹی سی بستی نینی کے نام سے پکاری جاتی تھی۔ پچھلی وبا میں بستی کے بڑے بڑے کڑیل جوان، پھول جیسے سندر مکھڑے والی کنیائیں، سونے چاندی میں کھیلتے بوڑھے آغوں آغوں کرتے اور کلکاریاں مارتے بچے دیکھتے ہی دیکھتے، اور سنتے ہی سنتے انت کال کر چکے تھے۔ دوکانیں بند اور مکان خالی پڑے تھے بستی میں ہر طرف اداسی اور سناٹا چھایا ہوا تھا۔ کبھی کبھار کوئی بیمار نواسی چپ سادھے بازار میں گزرتا دکھائی دیجاتا تھا۔

اسی ڈراؤنی بستی میں بن ماں کی دکھیاری رام کلی تنے جالے والے نواسی کا منہ تکتی رہتی۔ جب سے اِس بیچاری کا باپ مرا تھا سوتیلی ماں نے

اور بھی نئے نئے ظلم توڑنے شروع کردیئے تھے۔ ان ہوئی بات پر برا بھلا کہتی، مارتی، بھوکا رکھتی۔ مصیبت کی ماری رام کلی کو سوائے صبر کے چارہ نہ تھا۔ وہ جدھر بھی نگاہ دوڑاتی اسے دور دور تک کوئی ٹھکانہ ایسا نظر نہ آتا جہاں وہ چین سے جا بیٹھتی۔ آخر دل مسوس کر رہ جاتی۔

کڑکڑاتے جاڑے میں آدھی رات سے سوتیلی ماں نے کمر پر دھتڑ مار کر اٹھا بٹھایا کہ چل بیل پر میلے کپڑے لاد کر ندی لے جا۔ بھلا تیرہ برس کی عمر ہی کیا ہوتی ہے، بیچاری بلبلاتی، کمر کو سہلاتی، چٹکیوں کے نیلوں کو گھورتی، سردی میں سکڑتی، آنسو بہاتی ندی کی طرف چلی۔ راستے سے ذرا ہٹ کر دیوی کے مندر کا کالا گنبد چاندنی رات میں کالے دیو کی طرح کھڑا معلوم ہوتا تھا۔ غریب ڈر گئی (تھوڑی دیر ٹھٹک کر) ڈرنا بیکار ہے اس جینے سے مرنا اچھا ہے۔" اس خیال نے اس کو ڈھارس دی۔ جو اس ٹھیک ہوئے تو خیال آیا۔" یہ تو ہی دیوی کا مندر ہے۔" (دل میں سوچ کر قریب آئی) "دیوی سے بھی اپنے دکھ کی کہانی کہہ دیکھوں شاید کرپا کردیں"

یوں تو اس بستی میں چار مندر اور بھی تھے۔ مگر سب سنسان ہو رہیاں تھیں نہ کوئی پجاری نہ رکھوال یہ دیوی کا بڑا مندر صرف منوہر کے دم سے آباد تھا۔ پچھلی دبا میں منوہر کے ماتا پتا بھی سرگ باشی ہو گئے تھے۔ ان کے بعد لگاتار کے دکھوں نے منوہر کو اس جھوٹے جیون سے۔ بیزار کر دیا تھا وہ بستی کے لوگوں سے الگ تھلگ رات دن مندر میں رہ کر دیوی کی پتسیا میں رندھا رہتا۔ اس طرح اسے بڑا آنند ملتا تھا۔ مگر جب کبھی وہ جاپ کرتے کرتے پریم سے دیوی کو دیکھتا تو دیوی کی پتھرائی ہوئی آنکھیں اسے نہ بھاتیں۔ تب اس کا دل بیٹھ جاتا اور وہ غم کے ساگر میں

ڈبکیاں کھانے لگتا۔

ایک دن سردیوں کی پچھلی رات کو منوہر جاگ گیا۔ اس کے کان میں گھنٹی کی آواز آئی۔ وہ کمبل اوڑھ کر باہر نکلا (اس خیال سے کہ کھیر، اس کی بوئی ہوئی کیاری سے بیل ترکاری نہ نوچ کھائے) اور جلدی جلدی مندر کی سیڑھیوں سے اترنے لگا۔ اچانک سیڑھیوں پر کسی کو کھڑا دیکھ کر وہ چونک پڑا۔ کوئی کہہ رہا تھا۔

"دیوی جی تم سے کون بات چھپی ہے۔ جانتی ہو ناموسی (سوتیلی ماں) کتنی کپٹی ہے۔ میرا جیون نشٹ کرنا چاہتی ہے۔ وہ روگی پردوش سے اس لئے وواہ کرے گی کہ میں ترنت ودھواہ ہو جاؤں۔ تمہارے چرن پڑتی ہوں دیوی جی مجھے بچا لو نا۔ تمہارے سوا میرا کون ہے......

منوہر یہ دکھ بھری باتیں سن کر ٹھٹک گیا۔ سانس کی آہٹ سے گھبرا کر جیسے ہی رام کلی نے آنکھیں کھولیں منوہر کی آنکھوں سے جا لیں چاندنی رات میں آنکھوں کی جھروکوں سے جھانک کر من مندر کی دیوی نے منوہر سے کیا کہا وہ کچھ نہ سمجھ سکا مگر اس نے ایک آنند اپنے دکھیا اور بےچین دل میں پایا جیسے وہ چیز مل گئی ہو جسے وہ ڈھونڈتا تھا۔

رام کلی کے منہ سے ایک باریک سی چیخ نکل گئی وہ یکایک دوسرے کو اپنے پاس کھڑا دیکھ کر ڈر گئی۔ گھبرا کر جلدی جلدی سیڑھیوں سے اُترنے لگی۔

منوہر۔ (میٹھی آواز میں) کیا ڈر گئیں تم!

رام کلی۔ (کھڑی ہو کر کانپتے ہوئے) جی تم کون ہو؟

منوہر۔ میں منوہر ہوں رام بھروسہ کا لڑکا۔

رام کلی آہستہ آہستہ اُترنے لگی۔
منوہر۔ اور تم۔
رام کلی۔ رام کلی راہوں کی چھوری۔
منوہر۔ اِتنی سردی میں اور آدھی رات کو۔
رام کلی بغیر جواب دیئے اپنے بیل کی رسّی پکڑ کر ندی کی طرف چلی گئی۔

کئی مہینے بیت گئے اب منوہر کا دل دیوی کی پتسیا میں نہ لگتا. وہ گھنٹوں اپنے دل سے باتیں کیا کرتا۔ اس کا دل ہر وقت دھڑکتا رہتا. جب کبھی وہ آنکھیں بند کر لیتا تو وہی بڑی بڑی سیاہ آنکھوں میں رکے ہوئے آنسو، ذرا سوکھے ہوئے گورے گورے اداس چہرے پر بکھرے ہوئے لمبے لمبے سیاہ بال ملگجی ساڑھی سے لپٹا ہوا چھریرا اثر یہ نظر آتا۔ اس کے چہرے پر مسکراہٹ سی آجاتی جیسے اس کا دل آنند ہو گیا ہو۔ کچھ عرصے بعد سویرے ہی سویرے جھانجھ اور نفیری کے بجنے کی آواز سن کر منوہر چونک پڑا۔ بیس پچیس باراتی نینی سے رام کلی کو بیاہ کر دھیرج کی بستی لے جا رہے تھے۔ وہ دور تک بارات کو کھڑا دیکھتا رہا۔ جب بارات کا آخری آدمی بھی اس کی نظر سے غائب ہو گیا تو اس نے ٹھنڈا سانس بھرا اس کا دل دھڑکنے لگا اور اس کی آنکھوں میں آنسو بھر آئے۔

نینی سے جو بنیا ریت کے ٹیلوں سے بچتی، کنوؤں کے پاس سے ہوتی، بل کھاتی ہوئی چلی جا رہی تھی بارات اسی پر سے آہستہ آہستہ گزر رہی تھی۔ آگے آگے بہلی میں بیمار دولھا تکلیف سے تیور چڑھائے

لیٹا تھا پیروں کے پاس بیٹھی رام کلی گھونگھٹ کئے چپکے چپکے رو رہی تھی۔

رام کلی کو دھیرج کی بستی آئے تین مہینے گزر گئے وہ رات دن اپنے بیمار پتی کی دیکھ بھال میں لگی رہتی۔ بہت کم سوتی۔ ہاں جب کبھی اسکے پتی کی آنکھ لگ جاتی وہ سوچنے لگتی۔ ایک دن وہ بیٹھی سوچ رہی تھی کہ یکایک اس کی نگاہ اپنے بیمار پتی پر جا پڑی۔ اس کا پتی اسی کی طرف دیکھ رہا تھا۔ وہ مسکرایا اور رام کلی نے لجا کر آنکھیں نیچی کرلیں۔ اس کا دل دھڑکنے لگا۔ اسے یاد نہ آتا تھا کہ کبھی کوئی اسے دیکھ کر خوش ہوا ہو اس نے پھر آنکھیں اٹھا کر بیمار پتی کی طرف دیکھا اب اس کے پتی کی آنکھیں بند ہو چکی تھیں وہ دعا مانگنے لگی۔

"ہے پرماتما میرا سہاگ بنائے رکھیو"

تھوڑی دیر میں اس کا سسرا وید کو لیکر کوٹھری میں گھسا۔ وید نے نبض پر ہاتھ رکھا۔ بیمار سدھار چکا تھا۔ وید نے کہا اب کیا رکھا ہے کریا کی تیاری کرو۔ اتنا سنتے ہی گھر میں رونا پیٹنا مچ گیا۔ "کیا وہ آخری مسکراہٹ تھی" رام کلی نے اپنے دل میں سوچا۔

پتی کے مرے بعد چند ہفتے بھی نہ گزرے تھے کہ ساس نے باتوں ہی باتوں میں ابھاگن، منحوس، ڈائن کہنا شروع کردیا بیچاری پہلے سے زیادہ آدھی آدھی رات تک ساس و سسر کی خدمت میں لگی رہتی مگر قسمت کی برائی کو کیا کرتی۔ سوائے رنج کے کچھ حاصل نہ ہوتا۔

کئی مہینے گزر گئے۔ ایک رات اسے نیند نہ آئی۔ وہ دیر سے اپنی قسمت پر رو رہی تھی کہ یکایک برابر کی کوٹھری سے اسے باتوں کی آواز آئی۔ اس نے غور سے سنا۔ اُس کی ساس کہہ رہی تھی کہ میں اس

ابھاگن کو گھر میں نہ رہنے دوں گی۔

سسرا بولا۔ کمندی کی ماں دیوانی ہوئی ہے۔ اپنا آنندی کہیں اچھا ہونے والا تھا۔ بیاہ تو اس لئے کر دیا تھا کہ کنوارا نہ مرجائے۔ رہی بہو۔ چھوری تو محنتی ہے۔ گھر کا کام کاج سنبھالے بیٹھی ہے۔ پھر اپنے کمندی کا بھی تو بیاہ رچانا ہے۔ رتم کہاں سے آئے گی اس بہو کے ہاتھ میں کمندی کی طرف سے چوڑیاں ڈالدیں گے۔

کئی سال بعد ایک شام رام کلی گھاٹ سے واپس پھری تو دیکھا گھر کے سامنے والے میدان میں لوگ جمع ہیں۔ کھانا پک رہا ہے۔ وہ حیران تھی، بات کیا ہے۔ کوٹھری میں پہنچی تو ساس نے رنگین ساڑی لا کر دی۔" لے رام کلی اسے پہن لے" وہ رنگین ساڑی دیکھ کر اچنبھے میں نہ گئی مگر پھر اسے کئی سال کی بات یاد آئی۔ وہ لجاگئی (کمندی کو تو اس نے گودیوں میں کھلایا تھا) مگر کیا کرتی مجبور تھی ساڑی پہن چکی تو پنچوں میں سے ایک بوڑھے نے اس کے ہاتھ میں چوڑیاں ڈالتے ہوئے کہا:"یہ کمندی کی طرف سے ہیں۔" رام کلی کا چہرہ سفید پڑ گیا۔

صبح گھاٹ پر دس سال کا کمندی بولا" بھابی ماں کہتی ہے تو میری بہو ہے ۔" " تو تو اتنی بڑی ہے۔" رام کلی کی آنکھوں سے آنسو جاری ہوگئے۔ بولی:" نہ للہ میں تو تیری بھابی ہوں۔"

پورا سال بھر بھی نہ گزرا تھا کہ ایک شام دونوں گھاٹ سے واپس لوٹے راستے میں بارش ہوگئی دیکھتے ہی دیکھتے اولے پڑنے لگے۔ کمندی

اور رام کلی بارش میں شرابور ہو رہے تھے اولوں سے بچنے کے لئے ایک گھنے پیڑ کے نیچے کھڑے ہو گئے ہوا غضب کی چل رہی تھی ذرا بارش تھمی تو جوں توں کر کے گھر لیا۔ جاڑوں کی بہاوٹ تھی آکر دونوں کو بخار چڑھ گیا۔ رات کو کمندی کی حالت زیادہ بگڑ گئی۔ کئی دفعہ ویدجی رات ہی میں آئے۔ بھور ہوتے ہوتے بیچارے کمندی نے دم دے دیا۔ اس کا مرنا تھا کہ سارے گھر میں کہرام مچ گیا۔ چیخ پکار کی آواز سے بخار چڑھی رام کلی کی آنکھ کھل گئی۔ اس کی ساس بیان کرکے رو رہی تھی۔ ہائے یہ ڈائن میرے دونوں شیروں کو مروڑ گئی اسے نکالو۔ رام کلی ساس کے منہ سے یہ باتیں سُن کر کانپ گئی۔

رات گئے مرد مرگھٹ سے گھر واپس لوٹے تو رام کلی کی ساس نے چیخنا شروع کر دیا "میں تو اِس ڈائن کو ابھی گھر سے نکالوں گی" بارش سخت ہو رہی تھی۔ رام کلی کا سسر ابہتیرا سمجھاتا رہا مگر اس کی ایک نہ چلی رام کلی کی ساس کوٹھری میں گھسی اور رام کلی کے سر کے بال پکڑ کر گھسیٹتی ہوئی روتی پیٹتی دھاڑیں مارتی رام کلی کے دھتہ لگاتی دروازے تک لے گئی۔ کڑاکڑاتے جاڑے موسلا دھار بارش اور اندھیری رات میں بخار چڑھی رام کلی کو گھر سے دھکے دے کر نکال دیا۔

ساس۔ جا ڈائن اب کیا مجھے کھائے گی اپنی موسی کو جاکر کھانئے سگی ماں کو کھا گئی باپ کو کھا گئی۔ دو شیر میرے توڑ لئے اب اپنے دم کو کھالے، ابھاگن، چڑیل کہیں کی۔

رام کلی۔ (روتے ہوئے) ماتا جی میں کہاں جاؤں۔

ساس۔ ندی میں ڈوب مر اور کہاں جائے گی۔ کیا ابھی اور

کسی کو ڈسنا باقی ہے۔

رام کلی۔ (پیروں پر گر کر) ماتا مجھے اپنے چرنوں میں پڑا رہنے دو۔

ساس نے رام کلی کے سر میں ٹھوکر مار کر دروازہ بند کرلیا۔

رام کلی (دروازہ کھٹکھٹا کر) تپاجی کوئی کپڑا تو دید و مجھے بچا رہے۔ سردی لگ رہی ہے۔

کوئی نہ بولا۔ آخر غریب تھک کر موسلا دھار بارش اور اندھیری رات میں گاؤں سے باہر نکل چلی۔ راستے سے انجان اندھیرے میں گرتی پڑتی چلی جاتی تھی کہ درخت سے ٹکر لگی ہائے کہہ کر بیٹھ گئی۔ سردی کی شدت سے سارا بدن کانپ رہا تھا اندھری رات میں پاس ہی دو چمکدار آنکھیں دیکھ کر اس نے زور سے چیخ ماری، ڈر گئی کسی جنگلی درندے نے پنڈلی میں بڑکا مارا اور گوشت کا ٹکڑا نوچ کرلے بھاگا۔ وہ بے تحاشہ لنگڑاتی بھاگی، بھاگتے بھاگتے سانس پھول گیا مگر وہ ڈر سے بھاگتی چلی گئی۔ صبح اندھیرے اس کے پاؤں زمین میں دھنسنے لگے یہ نینی کی ندی کا اِدھر کا کنارہ تھا اب اس کی ٹانگوں نے جواب دیدیا تھا وہ بے ہوش ہو کر گر پڑی۔ تھوڑی دیر بعد ہوش آیا تو بادل پھٹ چکے تھے۔ ندی کے دوسرے کنارے پر کوئی نہا رہا تھا تھوڑی دیر بعد اس نے سر اٹھایا کوئی اس کو پکار رہا تھا " رام کلی! رام کلی!" وہ بیٹھ گئی دیکھا اس کنارے پر منوہر کھڑا تھا وہ کھڑی نہ ہو سکتی تھی۔ اس نے دونوں ہاتھ پھیلا دیئے۔ منوہر اس پار آنے کو بے چین تھا۔ ندی میں اتر پڑا۔ پانی تیز بہہ رہا تھا پاؤں نہ جم سکے بہہ کر گہرے میں چلا گیا اور

غوطے کھانے لگا۔ رام کلی نے اپنی آنکھوں کے سامنے منوہر کو ڈوبتے دیکھا۔ اب وہ اپنی بدقسمتی پر اور صبر نہ کر سکی اس کا چہرہ سرخ ہو گیا وہ مضبوط اور تندرست آدمیوں کی طرح اٹھی اور ندی میں کود پڑی۔ تھوڑی دیر تک ندی کے پانی میں شور رہا پھر سطح برابر ہو گئی۔ پانی کی تہہ سے چند بلبلے اٹھے اور مٹ گئے۔

تعارف : بیگم صفدر

جب سے اِنسان کی نفسانی خواہشات کو اخلاقی، سماجی اور مذہبی مجرم بنا کر اصول و قواعد اور رسم و رواج کے قانونی کٹہرے میں لاکر کھڑا کیا گیا ہے، مرد و عورت کے درمیانی تعلقات میں ایک زبردست کشمکش پیدا ہو گئی ہے۔ ہر ہستی اپنی مخالف جنس کو بوالہوسی کے ساتھ ساتھ مکر و ریا۔ فریب و دغا اور بے وفائی کا پتلا سمجھنے لگی ہے۔ معلمین اخلاق سے لے کر حامِلان ادب تک سب اس پامال موضوع پر نت نئے انداز میں خامہ فرسائی کرتے ہیں۔ معاشرت کے غلط انداز اصولوں پر زبردست بحث و تحیص اور نکتہ چینی ہوتی ہے۔ سماج کے ظلم و ستم کی داستان "گاہ گاہے باز خواں ایں قصۂ پارینہ را" کے مصداق روزانہ کسی نہ کسی رسالے یا کتاب کا مطالعہ کرتے وقت پیش نظر ہو جاتی ہے لیکن زندگی کا چکر کسی قسم کا اثر لئے بغیر بدستور اسی مرکز کے گرد گھومتا رہتا ہے اور شاید گھومتا رہے گا۔ چنانچہ بیگم صفدر نے بھی کسی نئے پلاٹ پر اس افسانے کی بنیاد نہیں رکھی۔ البتہ زبان و بیان کی حلاوت نے اسے درجۂ قبول دے دیا ہے۔ اس افسانے میں فنی اعتبار سے بھی کچھ خامیاں موجود ہیں جو ذرا سی کوشش سے دور ہو سکتی ہیں۔

" بیگم صفدر بریلوی سے استدعا کی گئی تھی کہ وہ اپنے

مختصر حالاتِ زندگی قلمبند کر کے روانہ فرما دیں تاکہ مجموعے
میں شامل کیے جا سکیں۔ لیکن ان کے عزیز شوہر نے
معذوری ظاہر کرتے ہوئے مجھے کہا ہے کہ میں خود ہی
جو مناسب سمجھوں، لکھدوں، ناواقفیت کی صورت میں
بھلا میں کیا لکھ سکتا، اِس لئے میں بھی مجبور ہوں۔

بیگم صفدر

نذرِ سماج

ہوا کے تیز و تند جھونکے بھی اس کے اِرادہ میں کوئی تبدیلی پیدا نہ کر سکے۔ اور وہ برابر ایک شرابی کی طرح گرتی پڑتی اپنی منزلِ مقصود کی جانب بڑھتی چلی جا رہی تھی، یہاں تک کہ اس کے پیرہن کی دھجیاں اُڑ گئیں ہاتھ پیر زخمی ہو گئے مگر وہ بڑھتی رہی۔ کچھ دیر یونہی آہنی ارادہ کے ساتھ باد و باران کا مقابلہ کرتی رہی۔ آخرش تھک کر ایک پتھر کے سہارے بیٹھ گئی۔ جب راستہ کی درماندگیوں کی وجہ سے اس کے تنفس کا پیدا شدہ ہیجان کچھ کم ہوا تو پتھر پکڑ کر اٹھی اور اس پر بیٹھ گئی۔ اس کو گھٹنوں پر سر رکھے ہوئے کچھ ہی دیر گزری تھی کہ دفعتاً کسی خیال سے چونک کر سر اٹھایا۔ انگلیوں سے اپنے پریشان بالوں کو چہرہ سے ہٹا کر آسمان کی طرف دیکھا اور پھوٹ پھوٹ کر رونے لگی۔ روتے روتے جب تھک گئی

تو لیٹ گئی۔ ابھی وہ انھیں پریشان کن تخیلات کا مرکز بنی ہوئی تھی کہ پیروں کی ہلکی ہلکی آہٹ ہوا میں آ آکر اس کو چونکانے لگی۔ آواز جب بالکل صاف اور نزدیک آگئی تو وہ گھبرا کر اٹھی۔ اس نے دیکھا کہ سامنے ایک شکاری آرہا ہے۔ نگاہیں چار ہوئیں۔ شکاری کے قدم جہاں تھے وہیں رک گئے وہ خیالات کی کشمکش میں کھو گیا۔ خدا جانے وہ کب تک یونہی مبہوت اور گم سم کھڑا رہتا اگر دریا کا دھماکا اس کے تخیلات کی کڑیوں کو بکھیر نہ دیتا۔ دھماکے کی آواز سن کر وہ بدحواس بھاگا اور ایک ہی جست میں دریا میں جا پہنچا۔ چند منٹ کی کوشش سے آخر کار اس نے پا ہی لیا اور وہ اس کو کاندھے پر ڈالے باہر نکل آیا۔ وقتی تدابیر سے اس نے چند لمحے کے بعد اپنی آنکھیں کھولیں اور شکاری کو اپنے قریب پاکر پھر ایک نحیف چیخ کے ساتھ بیہوش ہوگئی۔ لیکن شکاری کی مسلسل کوشش کامیاب ہوئی۔ ڈوبنے والی نے اپنی آنکھیں کھولیں شکاری کی جان میں جان آئی اور اس نے کہا" اب آپ ہر خطرہ سے باہر ہیں ڈریئے نہیں "

لڑکی :۔ آپ ...... آپ نے ....

شکاری:۔ ہاں ہاں۔ میں نے آپ کو ڈوبنے سے بچایا ہے۔

لڑکی :۔ آپ نے برا کیا مجھ پر ظلم کیا۔ میں زندہ رہ کر کیا کروں گی اور ....

شکاری :۔ آپ گھبرائیے نہیں ذرا دیر آرام کیجئے، ابھی آپ بہت تھکی ہوئی ہیں۔ میں آپ کو یقین دلاتا ہوں کہ آپ اب ہر خطرہ سے باہر ہیں۔

وہ اٹھنے کی کوشش کرنے لگی۔ شکاری نے سہارا دیتے ہوئے اس کو بٹھا دیا اور نزدیک پڑے ہوئے جھولے میں سے ایک شیشی نکال کر پیش کی "لیجئے یہ دودھ پی لیجئے تاکہ نقاہت دور ہو" جب وہ دودھ پی چکی اور اس کے ہوش و حواس ٹھیک ہوئے تو شکاری نے کہا "چلئے میں آپ کو آپ کے مکان پہنچا آؤں۔ آپ کے والدین پریشان ہوتے ہوں گے۔ بدخیالات اچھے نہیں میں بھی تمہاری وکالت کروں گا اور......"

لڑکی :۔ مکان۔ میرا تو اب کوئی مکان نہیں رہا۔ والدین کو منہ دکھاؤں تو کیونکر۔

شکاری:۔ آخر ایسی کونسی بات ہوئی جس کا ردِّ عمل صرف موت ہی آپ نے سمجھا۔ اور میرا تو یہ خیال ہے کہ اولاد خواہ کیسا ہی قصور کرے مگر والدین کی محبت بھری آغوش ہر وقت انکے لئے کھلی رہتی ہے جو کچھ بھی وہ برا بھلا کہتے ہیں اولاد کے فائدے ہی کے لئے کہتے ہیں۔ ان کا غصہ وقتی، ان کی خفگی عارضی ہوتی ہے۔ جو خونِ جگر سے پالتے ہیں وہ کبھی اولاد کو مصیبت میں نہیں دیکھ سکتے۔

لڑکی :۔ آپ نے ٹھیک کہا۔ میرا بھی یہی خیال ہے۔ مگر واقعات کی نوعیت بھی جدا جدا ہوتی ہے۔ کوئی بات برداشت کی جاسکتی ہے۔ اور کوئی نہیں۔ اور خاص کر جب شرافت و عزت کا سوال آجائے تو میرے خیال سے ۔

کسی کے بھی والدین برداشت نہیں کر سکتے اور یہی وجہ
تھی کہ میں نے بھی ان کے نام و عزت کو برقرار رکھنے
کے لئے بہتر یہی سمجھا کہ خود کو فنا کر دوں کہ دنیا والے
میرے وجود کے ساتھ ساتھ ان تمام واقعات کو جو
میری زندگی کے ساتھ وابستہ ہیں بھول جائیں۔

شکاری:۔ معاف کیجئے گا آپ غلط سمجھ رہی ہیں۔ آپ کی روپوشی
آپ کے اعمال کی پردہ پوش نہیں ہو سکتی۔ وہ تو اور
بھی ہنگامہ بپا کر دے گی اور انجام یہ ہوگا کہ آپ
ایک ایسا افسانہ بن جائیں گی جو بچہ بچہ کی زبان پر ہوگا
اور پھر آپ خود سمجھ سکتی ہیں کہ یہ افسانہ حقیقتاً ان کے
لئے کتنا ملامت انگیز ہوگا۔ ممکن ہے کہ وہ اس غم میں
جان کیوں نہ دیدیں۔

لڑکی:۔ آپ نے بالکل درست فرمایا۔ مگر میں تو ہر دم کی کوفت سے
بچ جاؤں گی مجھکو تو کوئی نہیں ستائے گا۔

شکاری:۔ مگر ایک سعید بیٹی اپنی بدنامی سے بچنے کے لئے اپنے
والدین کی رسوائی کبھی نہیں چاہے گی۔ آپ کا یہ فعل
آپ کے نزدیک خواہ کتنا ہی عمدہ کیوں نہ ہو لیکن آپ کے
والدین کے لئے زہر قاتل سے کم نہیں اور اگر آپ
فی الحال وہاں جانا پسند نہیں کرتی ہیں تو میرے ساتھ
چلئے میرا ایک مکان خالی ہے۔ قیام کیجئے اور جب آپ کی
سمجھ میں آجائے تو آپ کو اختیار رہے جیسا جی چاہے کیجئے

لڑکی :۔ مگر..........

شکاری :۔ اگر. مگر کچھ نہیں بس اٹھئے۔ اور ہاں کیا میں آپ کا نام معلوم کرنے کی جراءت کرسکتا ہوں۔

لڑکی :۔ رضیہ۔ اور..........

شکاری :۔ مجھے نجمی کہتے ہیں۔ بس آپ چلئے دیر نہ کیجئے۔ آپ کی حالت بد سے بدتر ہوتی جا رہی ہے شاید میں وہاں کچھ خدمت کرسکوں۔

بدقت تمام میں اس کو راضی کرسکا اور اپنے مکان لے آیا۔ ضروریات کی تمام چیزیں فراہم کردیں۔ چند یوم بعد جب اس کا دماغی توازن ٹھیک ہوگیا تو میں نے کہا " رضیہ ضرور ہے کہ تم کو ٹھیس لگے گی مگر میں جاننا چاہتا ہوں کہ وہ کونسی ایسی بات تھی جس نے تم کو اتنا بڑا گناہ کرنے پر تیار کردیا۔

رضیہ :۔ میری روداد غم سنکر آپ کیا کریں گے جن زخموں پر آپ نے مرہم لگایا ہے ان پر نمک نہ چھڑکئے۔ میں سمجھتی ہوں کہ نتیجہ یہی ہوگا کہ آپ بھی مجھ سے نفرت کرنے لگیں گے نجمی! خدا کے لئے اِس گناہ آلود زندگی کا حال نہ پوچھئے۔

میں :۔ رضیہ تم سے اور نفرت کیا یہ قیامت تک ممکن ہے۔ لغزشیں کس سے نہیں ہوتیں مگر غلطی کے بعد اس کا اعتراف انسانیت کا اعلیٰ جوہر ہے اور یہ جوہر تم میں

بدرجۂ اتم موجود ہے۔ تمہاری یہ لغزش تمہارے لئے مبارک ثابت ہوگی اور وہ دن دور نہیں جبکہ تم اِن بدکرداریوں کے ختم کرنے والوں کی اولین صف میں کھڑی ہوگی۔

رضیہ۔ خدا کرے.........

میں :۔ تو پھر اب دیر کیا ہے، فرمایئے۔ ممکن ہے کہ میں بھی کچھ خدمت کرسکوں۔

رضیہ :۔ آپ کی ہمدردیوں کا شکریہ۔ بس یوں سمجھ لیجئے کہ مرد کا کام خوبصورت الفاظ کہہ کر عورت کو اپنے جال میں پھنسانے کا ہے۔ اور آہ۔ اِسی قسم کے الفاظ تھے جنھوں نے میری زندگی کو بھی گناہوں کی تلخیوں اور مصائب سے بھر دیا۔

میں۔ وہ کیونکر؟

رضیہ۔ اِس لئے کہ اول اول ہر شخص اپنی نفسانی خواہشات سے مغلوب ہوکر خود کو اخلاق و تہذیب کا بہترین نمونہ بناکر پیش کرتا ہے۔ اور اس وقت تک بارگاہِ حسن پر جبہ سائی کرتا ہے جب تک، اس کا تحفہ قبول نہیں ہوتا اور جونہی وہ گناہ کے ابتدائی مشاغل کی دلفریبیوں سے ہمکنار ہو جاتا ہے تو بالکل اسی طرح جس طرح ایک خوفزدہ گیدڑ دم دباکر بھاگ جاتا ہے، وہ بھی بھاگ جاتا ہے۔ یہ آپ لوگوں کا مکر نہیں تو اور کیا ہے؟ پھر لطف یہ کہ آپ لوگ اپنے کو سوسائٹی اور تہذیب کا علمبردار کہہ کر پکارتے ہیں۔

میں :۔ آپ نے بالکل درست کہا مگر ہر شخص اپنی اپنی جداگانہ طبیعت رکھتا ہے اور اگر یہ مان بھی لیا جائے کہ چند بوالہوس اشخاص نے ہمارے

اَخلاقیات پر بڑے اور گہرے نقوش چھوڑے ہیں مگر اس کے یہ معنی تو نہیں کہ ہر انسان کو ان ہی لوگوں کی طرح تصور کر لیا جائے دوسرے یہ کہ تالی ایک ہاتھ سے نہیں بجا کرتی۔ مرد زیادہ مجرم ہیں مگر کچھ نہ کچھ جرم عورت کا بھی ہوتا ہے۔

رضیہ۔ وہ کیونکر؟

میں :- اِس لئے کہ آپ لوگ خود بھی عقل سلیم کی مالک ہیں۔ ہر اچھائی برائی کو سمجھ سکتی ہیں۔ ہوس اور محبت میں فرق کر سکتی ہیں۔ اگر مرد بوالہوس ہوتا ہے تو کیا عورت اِس الزام سے بری کہی جا سکتی ہے کہ عورت نے اپنے عشوہ طرازیوں میں پھانس کر مرد کو مغلوب الہوس نہیں کیا۔ عجیب بات ہے عورت آگ سے کھیلنا بھی چاہتی ہے اور امید رکھتی ہے کہ جلے بھی نہیں۔ سیلاب میں جانا چاہتی ہے اور خیال کرتی ہے کہ ڈوبے گی نہیں۔

رضیہ :- بالکل درست۔ آپ کی دلیل اپنی جگہ ٹھوس ہے مگر کبھی آپ نے یہ بھی تصور کیا ہے کہ آپ لوگوں نے سوسائٹی کا سرتاج بن کر عورت کو کس قدر پست کر رکھا ہے۔ یہانتک کہ ٹھنڈی ہوا سورج کی روشنی تک کو ترس گئی اس کی دنیا محدود کر دی گئی۔ سنگلاخ دیواروں میں اس کو ناقص العقل کہہ کر پکارا گیا اور پھر یہ امید کہ عورت مرد کی ہر نقل و حرکت کو سمجھے۔ ذرا اجازت دیجئے کہ پہلو بہ پہلو کھڑے ہو سکیں۔ آنے دیجئے میدانِ عمل میں اور پھر دیکھئے کہ عورت کا تجربہ آپ لوگوں کے متعلق کیونکر غلط ثابت ہوتا ہے۔ کیونکر وہ سیلاب میں جا کر ڈوبتی ہے کس طرح چنگاری۔

دامن میں لوریاں لیتی اور جلاتی ہے۔

میں :۔ مگر قید و بند کے یہ معنی تو نہیں کہ آپ سمجھ سے کام نہ لیں۔ ہر چمکتی چیز کو الماس سمجھ لیں۔ کاغذی پھولوں کا گلدستہ ہاتھ میں لے کر لالہ وگل کا دھوکا کریں۔

رضیہ :۔ افسوس تو یہی ہے کہ ہم لوگ اپنی ناتجربہ کاری کی وجہ سے مرد کی چپٹی کی ہوئی ہر چیز کو اصل سمجھ لیتے ہیں۔ مرد جب سامنے آتا ہے تو ایسا معلوم ہوتا ہے کہ وہ مجسمۂ اخلاق ہے گفتگو کیا کرتا ہے گویا شیرینی کے دریا بہاتا ہے اور اگر پھر عورت مرد کی اس ریاکارانہ روش سے دھوکا کھا جائے تو بھی قصور عورت ہی کا۔ وہ ہر سزا کی مستحق اور مرد خواہ کتنا ہی بڑا جرم کیوں نہ کرتے پھریں معصوم اور بے گناہ۔ مجھے پوچھنے دیجئے کہ کیوں نہیں سوسائٹی ان کی تذلیل کرتی۔ ان کو عورت کی طرح بدنام کیوں نہیں کرتی۔ بولیئے۔

میں :۔ مگر...........

رضیہ :۔ بس بس (بات کاٹتے ہوئے) معاف کیجئے۔ مجھ سے زیادہ اور کون جیتی جاگتی مثال آپ کو ملیگی۔ میری زندگی آخر کس کی پُرفریب محبت ہے؟ جس نے میری زندگی کو ایک خوفناک غار میں پھینکدیا تباہ و برباد کر دیا کس کی کرشمہ سازیاں ہیں آج۔ میری زندگی خود ایک پاگل کے ہولناک خواب کی مانند میرے تصور کے پردوں پر بھیانک ناچ ناچ رہی ہے۔

میں :۔ رضیہ یہ درست ہے کہ تم کو اس دنیا سے کافی تلخ تجربہ ہوا اگر یقین دلاتا ہوں کہ میں زندگی کی کسی ساعت میں بھی تم کو دھوکا نہ دوں گا۔

رضیہ :- ابھی آپ کو تجربہ نہیں۔ جب سماج آپ کے مقابل آئے گا تو زندگی دوبھر ہو جائے گی اور اس حالت میں آپ بھی اس کے ہمنوا ہونے پر مجبور ہو جائیں گے۔

میں :- آپ یقین تو کریں۔ فیصلہ کرنے سے پیشتر مجھکو موقع دیجئے۔

رضیہ :- بہرحال آپ کے وعدوں کے سہارے کچھ عرصہ اور زندگی کے دن کاٹ لوں گی۔

میں :- شکریہ۔ اچھا اب کافی دیر ہو گئی، اجازت۔

صبح و شام رضیہ کے پاس جانا میرا معمول ہو گیا تھا اور یہی ایسے اوقات تھے جو دوستوں کی صحبت میں گزرتے تھے، چنانچہ مستقل غیر حاضریوں نے ان کو بھی چین سے بیٹھنے نہ دیا۔ اور وہ لوگ میری تلاش میں نکل پڑے۔ ایک دن اتفاقیہ جونہی رضیہ کے مکان سے میں نکلا کہ میرے ایک دوست سے ملاقات ہو گئی۔ رسمی دعا و سلام کے بعد ملاقات نہ ہونے کا شکوہ کیا اور اس گھر سے باہر آنے پر ذرا زور دیا۔

میں :- فیروز تم میرے دوست ہو اس لئے حقیقت کو بے نقاب کئے دیتا ہوں کہکر تمام واقعات من وعن بیان کر دیئے اور وہ چلا گیا۔

چند یوم کے بعد ایک دو صاحب سے اور ملاقات ہوئی جن میں سے ایک صاحب کہنے لگے "کیوں صاحب یہ بات ہے۔ الگ الگ ہاتھ مار رہے ہو ہم تو پہلے ہی سمجھ گئے تھے کہ ع

بے خودی بے سبب نہیں غالب

یہ آپ کی غیر حاضری کوئی ضرور معنی رکھتی ہے" یار دکھاؤ تو صاحبزادی

کیسی ہیں۔" اس کی تمام گفتگو سن کر طبیعت یہی چاہتی تھی کہ منہ نوچ لوں مگر افشائے راز کے ڈر سے اتنا ہی کہا کہ "اسلم تم کو ایسی باتیں نہیں کرنا چاہئیں۔ جانتے ہو وہ کس بیکسی کے عالم میں ہے اور تم..........

اسلم۔ بس۔ بس۔ ہم نے دنیا دیکھی ہے۔ یہ بھی کہیں سنا ہے کہ گلاب کا پھول ہاتھ میں ہو اور سونگھا نہ جائے۔

میں۔ چپ رہو۔ تم ذلیل ہو۔

اسلم۔ تمہاری خوشی۔ ناراض ہونے کی کوئی بات نہیں۔ ہم بھی دیکھ ہی لیں گے کہیں نہ کہیں۔ خدا حافظ۔

وہ چلا گیا مگر مجھے ایسا محسوس ہو رہا تھا گویا جسم میں کسی نے انگارے بھر دیئے ہیں۔ جی چاہتا تھا کہ سر توڑ دوں، زبان نکال لوں مگر افسوس.......

غرض کچھ دن یونہی گزر گئے۔ ایک شب جو میں رضیہ کے پاس پہنچا تو وہ حیرت سے منہ تکنے لگی۔ میں نے کہا خیر تو ہے آپ پریشان کیوں ہیں۔

رضیہ:۔ میں خیال کر رہی ہوں کہ کہیں میری آنکھیں دھوکا تو نہیں دے رہی ہیں۔

میں۔ وہ کیسے؟

رضیہ۔ اس لئے کہ آپ کے دوست پھل دے گئے ہیں اور کہہ گئے ہیں کہ وہ آج نہیں آئیں گے اور آپ موجود ہیں۔

مجھے ایسا معلوم ہوا کہ کسی نے دماغ پر پتھر دے مارا۔

میں۔ جی۔ جن صاحب سے کام تھا وہ ایک گھنٹہ بعد آئیں گے اور میں نے یہ بہتر سمجھا کہ جب تک آپ کی خیریت کو ہو آؤں۔

رضیہ ۔ تو بیٹھئے۔

میں ۔ نہیں۔ میں صبح آؤنگا اگر وہ آگئے تو انتظار کریں گے۔ کہکر چلا آیا اور سیدھا ان حضرت کے مکان پہنچا۔

اسلم ۔ کہئے کیسے تکلیف کی۔

میں ۔ آپ نے جو یہ حرکت آج کی ہے کہاں تک واجب ہے۔

اسلم ۔ تو اس میں حرج ہی کیا تھا۔ حق ہم کو بھی پہنچتا ہے۔

میں ۔ اور وہ پیغام۔ اسلم ہوش و حواس درست کرو۔ انسانی تہذیب کو حیوانیت کے جذبات میں منتقل نہ کرو۔ وہ دکھیا ہے تم کو اس سے فائدہ نہ ہوگا۔

اسلم :۔ خوب۔ گویا رنگ اچھا چڑھا ہے۔ میاں یہ چیز ہر وقت خریدی جاسکتی ہے۔ پیسہ درکار ہے پیسہ۔ اور پھر یہ ایک کی کب ہو کر رہی ہیں۔ ہر لمحہ ایک نیا عشوہ ایجاد کرنا اور ایک نیا اُلّو پھانسنا ان کا تو کام ہی ہے۔

میں ۔ تم جیسے ذلیل و کمین خیال رکھنے والوں ہی نے ساری سوسائٹی اور تہذیب کو بدنام کر رکھا ہے۔

اسلم ۔ آپے سے زیادہ باہر نہ ہو۔ جاؤ اپنا کام کرو۔ میں اِس فرض کو تم سے زیادہ سمجھتا ہوں۔

میں ۔ بہرحال آپ سمجھتے ہوں یا نہ ہوں۔ آئندہ ایسی جراءت نہ کیجئے گا کہہ کر چلا آیا۔

نتیجہ یہ ہوا کہ اب ہر شخص آتا اور مبارکباد دے کر چلا جاتا میرا یہ جی چاہتا کہ اِن سب کا منہ نوچ لوں۔ ہزار سمجھاتا مگر بے کار۔ پہروں سوچتا کہ اس دنیا میں واقعی کتنے مکار بھرے ہوئے ہیں۔ جب میں ہی ہر دم کی

صحبت سے اِن لوگوں کو نہیں پہچان سکتا تو بھلا وہ جنس لطیف چار دیواری میں بیٹھ کر کیونکر معلوم کر سکتی ہے۔ رضیہ نے جو رائے قائم کی، بالکل ٹھیک ہے۔ غرض انھی تفکرات میں دن گزرنے لگے۔ ایک دو دفعہ لوگوں سے دست و گریبان بھی ہونا پڑا جس نے رفتہ رفتہ ان لوگوں میں اِنتقام کی آگ کو بھڑکا دیا۔ اِدھر اِن بیہودہ ہنگامہ آرائیوں کی خبر اُڑتے اڑتے والدین تک بھی پہنچ گئی۔ ایک شب جو میں چلنے کو تیار ہوا تو والد صاحب نے روک لیا اور کہنے لگے: "کہیئے اس وقت کہاں جانا ہو رہا ہے"

میں - کہیں نہیں۔ ایک چیز فیروز کے مکان پر بھول آیا ہوں۔ سوچا.........

والد:- جی ہاں۔ وہ چیز اب آپ کو نہیں مل سکتی۔ اس کو میں نے نکال دیا۔

میں - کیا آپ....... آپ کو معلوم ہو گیا۔

والد - بالکل۔ مجھے اپنے سعادت مند بچہ کی ذلیل حرکتوں کا پتہ چل گیا۔ اور میں نے اس کو دھکے دے کر نکال دیا۔

میں - آپ نے ظلم کیا۔ وہ ایک شریف لڑکی تھی۔ ظلم وستم کا شکار رہی۔ بربریت اور حیوانیت نے اس پر ظلم کیا تھا۔ آپ کو ایسا لازم نہ تھا اور........

والد:- ہوش میں آ۔ اے لڑکے! تو نے میرے نام و عزت کو خاک میں ملا دیا۔ آج گلی در گلی یہی چرچا ہے کہ...... لڑکے نے طوائف رکھ لی۔ جس شہرت کو میں نے ایڑی چوٹی کا زور لگا کر پیدا کیا تھا آج تو نے اس میں داغ لگا دیا، جس ممتاز طبقہ میں میں

قابل فخر تھا اس میں میری نگاہ تو نے نیچی کر دی۔

میں ۔ سچ ہے۔ آپ نے اپنی شہرت کی خاطر ایک بیگناہ ہستی کی جان لی۔ آپ نے سوسائٹی کی پرواہ کی۔ روپیہ کا خیال کیا اور ایک انسانی ہستی کو اس پر سے قربان کر دیا۔ کوئی داد و فریاد نہ سنی۔ تف ہے آپ کی ایسی سوسائٹی پر۔ لعنت ہے ایسے روپے پر جو خونخوار درندوں کی طرح چھپ چھپ کر قتل و غارت کرے اور اگر کامیاب نہ ہو تو اس کے خلاف زہر اگلے۔ کلبوں میں جائیے، داد عیش دیجئے۔ مکر و فریب کے جال بچھا بچھا کر دوسروں کی عزت پر حملہ کیجئے۔ یہی ہے نا آپ کی سوسائٹی اور اس کا قانون۔ اور اگر کوئی آپ لوگوں کی حرکات کو ظاہر کرے تو اس کا گلا دبا دیجئے۔ غرض میں فوراً مکان کی جانب بھاگا۔ دروازہ کھلا ہوا تھا۔ دیوانہ وار ہر کمرہ میں جاتا اور آواز دیتا مگر اس کا کہیں پتہ نہ تھا فوراً دریا کی جانب بھاگا۔ دور بہت دور ایک سایہ دریا کی طرف تیزی سے بڑھتے ہوئے دیکھا۔ میں نے پکارا۔ جتنا اس کو پکارتا اتنا ہی وہ اور تیز ہوتا۔ یہانتک کہ میرے پہنچتے پہنچتے دریا میں ایک زور کا دھماکا ہوا۔ دریا کی سطح پر بلبلے عبرت آمیز نگاہوں سے دنیا اور دنیا والوں کو دیکھ رہے تھے۔ دریا کی لہروں میں انسانی سوسائٹی کے مظالم سے ہیجان و تلاطم بپا ہو گیا تھا۔ ایسا معلوم ہوتا تھا کہ دریا کی آغوش ان بیگناہوں کے لئے جنھیں دنیا والے اور مہذب انسان گناہگار اور ذلیل سمجھتے ہیں۔ ہمیشہ کے لئے کھلا رہتا ہے اور ان کے لئے ابدی آرام و سکون کی یہی جگہ ہے۔

تعارف : شفیق بانو شفق

روپیے پیسے کا جادو کتنا اثر انگیز ہوتا ہے۔ ملازموں سے لیکر اپنے پیٹ کی اولاد تک ہر شخص کی نگاہ میں وہ دولت کھٹکنے لگتی ہے جیسے گھر کے بڑوں نے منت کی چیز کی طرح چھپا کر کنجوسی پر کمر باندھ لی ہو۔ پھر جس طرح بند کے قریب رکا ہوا پانی کبھی نہ کبھی بند کو توڑ کر بہہ نکلتا ہے، اسی طرح کنجوس کی دنیا میں فضول خرچی کا کوئی نہ کوئی پہلو پیدا ہو جاتا ہے۔ راشد کا تین دن کی مختصر مدت میں دو سو روپئے کی رقم کا اڑا دینا سات لاکھ روپئے کے محفوظ سرمائے کے مقابلے میں اچھا رنگ تضاد پیدا کر دیتا ہے۔ اس افسانے میں افسانویت کی کمی کے باوجود دلچسپی ضرور ہے اور وہ مضحک واقعات کے علاوہ اندازِ بیان کی لطافت نے پیدا کی ہے۔

محترمہ شفیق بانو شفق نے اپنی زندگی کے جو اوراق پریشان لکھ کر بھیجے ہیں ان کا خلاصہ انہی کے الفاظ میں درج ذیل ہے۔

"میرے افسانے پڑھکر ہر ملنے والی کا سوال ہوتا ہے "آپ افسانہ نگار کیسے بن گئیں؟"۔
بہت سادگی سے میرا جواب ہوتا ہے "ہر بدنصیب انسان بہترین ادیب بن سکتا ہے۔ اِس لئے!

کوئی افسانہ نویس پر رشک نہ کرے تو بہتر ہے۔

پیدائش الہ آباد۔ تعلیم کچھ گھریلو۔ کچھ اِسکول میں مطالعہ البتہ بہت وسیع رہا۔ شاید ہی ہندوستان کا کوئی مصنف بچا ہو جس کی تصنیف نہ دیکھی ہو۔خود لکھنا کب سیکھا؟ یہ ایک طویل بات ہے۔صرف اِتنا بتا سکتی ہوں کہ میں بکری کی، چڑیا کی، بلبل کی، پھولوں کی کہانی لکھتے لکھتے اَدب کے میدان میں آ کھڑی ہوئی۔ والدہ کے اِنتقال کے بعد بڑی بہن کی نگرانی میں رہی۔ان کا سلوک میرے ساتھ سوتیلی ماں جیسا رہا۔ میرا دل ودماغ ان کے طرزعمل سے برباد ہوگیا۔ وہ پہلے بہت امیر تھیں مگر اَب بدقسمتی سے برباد ہیں۔ وہ میرے سامنے نگاہیں نہیں اٹھا سکتیں جیسے کہ اپنے ظلم کا عکس میری بیگناہ آنکھوں میں دیکھنے کی تاب نہ ہو۔ میں عموماً ایسے موقعوں پر مسکرا پڑتی ہوں۔ بہرحال یہ ایک ناقابل اِنکار حقیقت ہے کہ میرے خیالات اگر بلند ہوئے تو صرف دل دکھنے کے بعد سے مظالم سہنے کے بعد مجھے اپنی بہن کا اِحترام کرنا چاہیئے جس نے مجھے ایک بہترین افسانہ نویس بنا دیا صرف "بہن" لفظ ہی میرے دل کو پاش پاش کرنے کیلئے کافی ہے۔ یہ زخم شاید ہمیشہ رِستا رہیگا اور میں افسانہ لکھتی رہونگی اور عوام پڑھکر مسکراتے رہیں گے۔ اور میرے افسانے کامیابی کا قدم چومتے رہیں گے۔"

شفیق بانو شفق

سات لاکھ

"سب نوکروں سے ہزار دفعہ کہا حساب دو ـــــ رجسٹر پر روز آنہ لکھوا دیا کرو ـــــ ایسا اندھا خرچ مجھے پسند نہیں لاؤ ادھر دکھاؤ کیا کیا لائے"؟

"حضور ـــــ ٹماٹر ـــــ سلات ـــــ مکھن ـــــ ایک نان پاؤ ـــــ دہی"

"یہ تو ہم بھی دیکھ رہے ہیں۔ حساب دو۔ حساب کر کتنے کا لائے؟"

"ٹماٹر چار آنے سیر، ایک آنہ کی سلات دو پیسہ کی۔ مکھن چار آنے نان پاؤ دس پیسہ۔ دہی ایک آنہ" ـــــ

"کس قدر خانساماں تم فضول خرچ ہو؟ کفایت شعاری تو بالکل نہیں

سمجھتے ۔ بھلا یہ ایک آنہ کا دہی کیا ہوگا ۔ ایک پیسہ کا بہت ۔ پاؤ بھر غضب خدا کا آدھ پاؤ میں تو سالن کھٹا ہو جاتا ہے ۔ سلاد کے بیچ گھر میں کیا رہی بنا کر ڈالو کافی ہو جائے گی ۔ باورچیخانہ کی طرف زین ہے ۔ نان پاؤ کس کی فرمائش تھی ؟ ناشتہ میں خستہ ٹکیاں بہتر ہوتی ہیں ۔

" سرکار چھوٹی بٹیا نے کہا تھا ۔ وہ ناشتہ میں مکھن توس مانگتی ہیں —— اور دہی کوئی پیسہ دو پیسہ کی نہیں دیتا ۔ آپ لوگ رئیس ہیں ۔ چار پیسہ کا فرق کیا سوچیں ۔"

لیجئے صاحب حساب ختم ہوا ۔ خانساماں سیدھا باورچی خانہ میں جا گھسا —— جلدی جلدی اسکول کے لئے ناشتہ دیا ۔ چھوٹی بٹیا رخصت ہوئیں خانساماں نے بڑبڑاتے ہوئے اپنے لڑکے سے کہا ۔

" لو یہ ٹکڑے بچے ہوئے ، اور دہی بچی ہوئی لیکر سیدھے کوٹھڑی میں بھاگ جاؤ ویسے ہی حساب لیتی رہتی ہیں ۔ —— ناک میں دم کر دیا اعتبار ہی نہیں آتا ۔ بیس برس سے کھانا پکا نا لیا اور پھر بھی محض ایک نوکر —— ہر دم دھیلے دھیلے پر جان چھڑکتی ہیں توبہ توبہ ۔"

سرکار نے ابھی خانساماں کی کان پکڑی سے فرصت پائی تھی کہ دوسرا مقدمہ سامنے آپڑا ۔

" ارے کوئی ہے ؟"

" جی سرکار ۔"

" چائے لے آؤ ۔"

منگو چائے لے آیا ۔ پینے کے بعد چلدیا ۔ شامت نے جو دھکا دیا تو بچا ہوا آدھا " کریم بسکٹ " ایک نان خطائی چلتے چلتے منہ میں رکھ گیا ۔

سرکار نے دیکھ لیا۔" ارے او کمبخت منگو یہ کیا بدتمیزی؟"

بیچارہ سہم گیا۔ ——— "جی حضور میں نے سوچا بچا ہوا ٹکڑا کس کام کا ——— اس لئے کھالیا۔"

"آئندہ ایسا مت کرنا یہ بات چوری میں داخل ہے۔"

منگو "جی اب نہیں ہوگا ایسا" کہتا ہوا چلا گیا۔ دل میں سوچنے لگا: "کیسی عجیب بیوی ہیں یہ؟ سب کہتے ہیں سات لاکھ روپیہ ان کے پاس نقد ہے۔ پھر اتنی کنجوس کیوں ہیں۔ کیوں؟ سات لاکھ روپیہ کیا کریں گی۔ سات لاکھ کتنا ہوگا ——— ؟ ایک پورا کمرہ تو ضرور بھر جاتا ہوگا ——— پھر بھی ایک ایک دھیلے کا حساب کرتی رہتی ہیں۔ خانساماں، بہرا، چپراسی سب کی خشک تنخواہ ہے۔ آٹا بھی تول کر کرواتی ہیں۔ ——— ہائے رے اگر میں امیر ہو جاؤں تو خوب مزہ اڑاؤں۔ جیسے یہ بسکٹ ایک، ایک دل دکھا کر کھاتی ہیں میں تو ایک ہی گھنٹہ میں کھا جاؤں پورا ڈبہ ——— یہ ہر چیز کو ناپ کر دیکھتی رہتی ہیں میں تو بس اگر روپیہ والا ہو جاؤں تو بغیر حساب کتاب نوکروں کو دیدیا کروں۔" ———

منگو نے اور بھی بہت ساری باتیں سوچیں لیکن اچانک خیال آیا کہ میں بے پڑھا ہوں۔ لہذا امیر نہیں بن سکتا۔ میرے باپ کی بھی پوری زندگی تین روپئے کھانے پر سرکار کے دروازہ پر کٹ گئی میری بھی گزر جائیگی۔

یہاں تک پہونچ کر مایوسی سے تھک کر گہری ٹھنڈی سانس لی ——— منگو کو ابھی تک کریم بسکٹ کا مزہ آرہا تھا۔ دل چاہ رہا تھا کہ اور کھالوں۔ نان خطائی بھی یاد آگئی۔ کتنی میٹھی تھی ——— کیسی بری ہیں سرکار ——— مہینوں پھل مٹھائی برف کی مشین میں رکھی رہتی ہیں لیکن بانٹنے کو کمبخت کا

دل ہی نہیں چاہتا—— بس سب سے مزہ میں تو خانساماں رہتا ہے آدھا سالن، روٹی پکاتے میں بچوں کو کھلا دیتا ہے۔ کچھ خود کھا لیتا ہے۔ سب تول دھری رہ جاتی ہے۔"

منگو انھیں خیالات میں بیزار اپنا پیالہ لیکر بیٹھ گیا۔ جس میں خدمتگار نے حصہ رسد چائے باسی روٹی ڈالدی تھی—— میٹھا برائے نام تھا۔ روٹی ہوا سے شرط باندھتی تھی۔ اس میں خانساماں کا کیا قصور؟ اس بیچارے کو حکم تھا کہ سیر کی چالیس چپاتیاں پکاؤ—— خدمتگار کو چمچوں سے ناپ کر شکر ملتی تھی۔ فی پیالہ دو چمچہ۔ پھر بھلا ذائقہ کہاں! جب ہر قدم کفایت ہی کفایت ہو—— ایک مثل ہے قاضی کے گھر کے چوہے بھی سیانے—— تو جناب "سرکار" کے شوہر نامدار بھی خیر صلا سے ان ہی اصولوں پر سختی سے پابند تھے۔ جان جائے پر دمڑی نہ جائے۔ ہر روز "ہرا کو حکم ملتا" موزے رفو کرو—— پالش لگاؤ—— قمیص کا کالر نیا بدل دو—— نائٹ سوٹ میں مرمّت کر دو—— بنیان میں پیوند لگا دو"——

"ہرا" یوروپین صاحب کے پاس رہا ہوا تھا۔ ان احکامات پر جان ہی جل جاتی۔ دس دس برس کے پرانے موزوں بنیانوں پر آخر کہاں تک ہاتھ صاف کرتا۔ مرمت کی بھی انتہا ہوتی۔ ہر روز مردے زندہ کیا کرتا کسی روز صبح صبح شاہد کی صورت نظر پڑ جاتی تو دوسرے نوکروں سے مذاقیہ کہتا پھرتا۔ دیکھئے آج اِس منحوس بوڑھے بندر کا صبح صبح منہ دیکھ لیا۔ خدا جانے سارا دن کیسے گزرے گا—— نہ جانے روٹی بھی نصیب ہوگی یا نہیں؟"

ایک دن چھوٹی بٹیا جسے سب پیار سے "بے بی" کہتے تھے. بدقسمتی سے اسکول میں تین چار لڑکیوں کو چائے پر بلوا دے آئیں۔ خدا اسکول کی لڑکیوں کو ایسا دن ہر روز نصیب کرے جو کوئی چائے پانی کی تواضع کو کہدے ——— چار جتنے بھی نہ پائے جو چار کے بجائے پانچ لڑکیاں آموجود ہوئیں. بے بی نے ممّی سے کہا: "اجازت دیجئے کہ خانساماں چائے بنادے" ممی کہاں ایسی بے تکی فرمائش گوارا کرسکتیں تھیں چیخ پڑیں ———

"یہ کیا" "آوٹ آف فیشن" ملنے کا طریقہ نکالا؟ وقت دیکھو نہ بے وقت جنگ کا زمانہ. گرانی کا عالم——— چلیں بے چاری مفت خوریوں کو دعوت دینے. پہلے گھر میں بیٹھ کر حساب تو لگایا ہوتا. کم از کم چائے کا ایک پیکٹ چار آنے کا. شکر چار آنے کی. دودھ چھ آنے کا. اور ساتھ میں آٹھ دس آنے کی کچوریاں وغیرہ. اچھا خاصہ دو روپیہ کا معاملہ ہوگیا——— بس چپ ہو کر بیٹھ جاوٗ. چائے کا نام مت لو. کہدو کہ نوکر بیمار ہے. یا چھٹی پر چلا گیا ہے" ———

بے بی بے چاری کباب ہو کر رہ گئی. کسی طرح بھی چائے نہ پلاسکی. دو تین گھنٹہ انتظار کر کے واپس چلی گئیں ——— سرکار کی تھوڑی بہت گفتگو بھی سن لی تھی. بے بی رات گئے تک اپنے کمرے میں روتی رہی وہ حیران سوچ رہی تھی کہ آخر اِس نقد سات لاکھ روپیہ کا کیا ہوگا——— کوئی مصرف بھی؟ اف پورے سات لاکھ——— کس طرح خرچ ہوگا؟ ——— یہ خبر ہی نہیں کہ ماں باپ ایک ایسا خیال رکھتے ہیں جہاں ہر وقت جمع کا سوال باقی ہے. ضرب، تقسیم، نفی کا کوئی جھگڑا نہیں.

بلکہ تھوڑا بہت روپیہ سود پر بھی چلتا ہے یہ مہاجن پن بھی محض کفایت شعاری کے اصول پر قائم ہے۔ شاہد صاحب کو خدا نے ایک لڑکا بھی فیاضی سے بخشا تھا۔ اصولاً تو ایسے آدمی کو ایسی بے بہا دولت کے بدلے بے اولاد رکھنا اچھا لیکن خدا بھی ذرا اپنے بندوں کی آزمائش کرتا ہے۔ کفایت شعاری کے تمام اصول بتا کر راشد کو علیگڈھ کے کالج کو بھیجا —— دنیا جانتی ہے کہ علیگڈھ کالج کے لڑکے کس قدر "پیسہ پھینک" ہیں۔ اپنا ہو یا پرایا۔ موج اڑانے سے مطلب بدقسمتی سے لڑکوں نے کہیں سن لیا کہ راشد کے والد صاحب قبلہ بہت رئیس ہیں۔ سات لاکھ روپیہ نقد ہے۔ بس اب کیا تھا۔ ہر لڑکا راشد کا جاں نثار بن بیٹھا راشد کو ہر پہلو سے یہی سمجھایا کہ دوست جیتے جی ترسنا منحوسوں کا شیوہ ہے جب خدا نے تمہیں رئیس اعظم بنایا ہے تو شہزادوں کی شان سے رہو۔ قابل رشک ہو تم تو —— بیچارہ شامت زدہ راشد کہنے میں آگیا، اپنے گھر کا سب حال، مزاج، طریقے، اصول، غرض سب کچھ بتا دیئے —— بھلا جہاں علیگڈھ کے لڑکے عقل لڑائیں وہاں ناکامیوں کا کیا دخل؟ سب نے ایک بڈنگ کی تجویز یہ پاس ہوئی کہ ایک تفصیلی خط راشد کی اچانک بیماری کا لکھا جائے —— پھر دوسرے دن ڈبل تار —— خط وہ لڑکا لکھے جو ادیبوں کا انداز۔ شاعروں کا ساغم پنہاں رکھتا ہو۔ تا کہ پڑھتے ہی متاثر ہو جائیں لہذا اس اہم کارگزاری کے لئے قاسم حسین رازدان کا انتخاب ہوا —— جس نے ساری ادبی قابلیت کا ثبوت لفظوں میں جذب کر دیا ——

پیارے ابا جان

پندرہ دن کی بیہوشی کے بعد ہوش آیا ہے بشکر

کیجئے کہ اچھا ہو چلا ہوں میعادی بخار رہا —— پھر پسلی میں

درد اٹھا ــــ پھر بیہوشی کے دورے ــــ اِتنی سکت ہی
نہ رہی تھی جو کچھ لکھ سکتا ــــ یہاں سب کو خبر ہے کہ میں لکھ پتی
باپ کا بیٹا ہوں لہذا سب نے اپنا اپنا ذاتی روپیہ مجھ پر خرچ کر دیا
ڈاکٹروں اور داؤوں کا حساب مِل کر سب روپیہ ڈیڑھ سو ہو گیا
لہذا آپ دو سو روپیہ فوراً بھیجدیجئے۔ پچاس روپیہ فالتو اسلئے
کہ ابھی ایک مہینہ دو پینے کو ڈاکٹر اور رکھتے ہیں۔ زندہ رہا تو آپکی
خدمت کرلوں گا۔ آپ کو پہلے سے اطلاع یوں بھی نہ کی کہ بیکار
آمد و رفت میں روپیہ برباد ہوگا۔ ممّی کو میرا آداب۔ بے بی کو دُعا۔
آپ کی آنکھوں کا نور
راشد

کہتے ہیں ماستا اندھی ہوتی ہے ــــ جیسے ہی خط ملا ماں باپ نے جھٹ روپیہ بھیجدیا۔ یہ عمر بھر میں پہلی فیاضی تھی ــــ روپیہ ہاتھ میں آنے سے سب کو پروگرام سوجھا ــــ تین روز کی چھٹیاں ملیں۔ ایک دن پکنک کا طے ہوا ــــ دوسرے دن آگرہ کے لئے مقرر کیا ــــ پکنک بڑی شاندار رہی پھل، چائے، پراٹھے، میوہ غرض خوب خرید و فروخت کا بازار گرم کیا اور جاکر جنگل میں منگل منایا۔ آگرہ یہ دوستوں کی پارٹی گئی تو وہاں بھی خوب دل کھول کر خرچ کیا۔ کھایا پیا، ہوٹل میں جس وقت پہونچتے تو بس شہزادوں کی طرح بہترین کھانوں کا اِنتخاب ہوتا۔ تیسرے پہر لیمن کی بوتلیں ابال کھاتی ہوئی برف میں جھاگ بناتی ہوئی ہونٹوں سے غٹاغٹ لگائی جاتیں۔

سب سے زیادہ رازدان کی خاطر ہوتی جس نے دردناک خط لکھا تھا آخری دن واپسی میں یہ تجویز پاس ہوئی کہ روٹی، چائے پانی تو ہمیشہ کی بندھی

چیزیں ہیں۔ لہٰذا پندرہ روپیہ کے پھل ہر قسم کے خرید کر برف میں دبا دیئے۔ کھاتے وقت ایسا شور مچایا کہ جیسے ہٹلر بچپن میں اپنے ساتھیوں کے ساتھ مچاتا تھا اور سب کا افسر بنتا تھا۔ یہاں میاں راشد روپیہ میں آگ لگا کر اچھل کود رہے تھے رنگ رنگ کے پھل —— ہر رنگ کا ذائقہ الگ —— خاصکر "اِسٹابری" سب کو بہت لذیذ معلوم ہوئی۔ ہونٹ چاٹتے رہ گئے۔ روپیہ سوا روپیہ سیر کی چیز —— پھر برف میں دبی ہوئی —— جب پھل کھاتے کھاتے پیٹ بھر گئے تو بچا ہوا برف کھانے لگے۔ خوب گیندیں بنائیں۔ چورا کیا۔ کھایا۔ پیا۔ پھر جو بچ گیا وہ تاج محل سے نکل کر سڑک کے فقیروں کو خیرات کر دیا —— اب چلے یہ علیگڈھ واپس۔ وہاں پہنچ کر "آئس کریم" کو دل چاہا۔ لہٰذا جو دس روپیہ بچ رہے وہ اس میں خرچ کئے اور جیتے جی جنّت کے "آب کوثر" کا مزہ لیا۔ لڑکے راشد پر پروانہ وار نثار تھے۔ کیوں نہ ہوتے دو سو روپیہ بھی کچھ چیز تھے۔

ادھر کی سنیئے —— ماں باپ کو فکر ہوئی کہ لاؤ چل کر دیکھ آئیں —— باپ نے دو خط بھیجے۔ ادھر کے جواب میں دیر ہوئی۔ آگرہ کی سیر میں تھے اِتنا ہوش کسے تھا۔ کہ جواب کی فوراً فکر ہوتی۔ لہٰذا باپ خود دیکھنے چل پڑے۔ کالج آئے تو دیکھا صاجزادے مع اپنے دوستوں کے "ڈرل" فرما رہے ہیں" سک روم" بیابان بنا پڑا ہے —— ٹیچروں سے پوچھا کہ راشد کچھ بیمار رہا تھا۔ معلوم ہوا " خدا نہ کرے —— وہ تو کل شام ہی آگرہ کی سیر سے لوٹے ہیں؟ —— اب جناب ساری قلعی کھل گئی۔ راشد کو اسی وقت اپنے ساتھ لے آئے اور پھر کالج بھیجنے کا نام بھی نہ لیا —— ماں نے بھی خوب ڈنڈے سے بچّو کی خبر لی کہ پھلوں، پراٹھوں، بوتلوں، آئس کریم کا سارا مزہ کرکرا ہو گیا۔ ایک دن راشد نے ہنس ہنس کر بے بی کو سب قصّہ سنایا وہ بہت

متعجب ہوئی ——— "اچھے بھیا! آگرہ کو تم بھی دیکھ آئے؟ ——— کاش میں بھی دیکھ سکتی تواریخ میں پڑھا ہے پر آنکھوں دیکھی بات ہی اور ہوتی ہے ——— ممی کے پاس سات لاکھ روپیہ ہے وہ اگر ایک ہزار بھی خرچ کریں تو تمام ہندوستان کیا معنی پورے ولایت کی سیر کر سکتے ہیں بھلا وہ کیا دیں گی ہر وقت منگو، ارر خانساماں ہر اک کی کان پکڑی کرتی رہتی ہیں ——— دہی کم کیوں لایا؟ پھٹی بنیان کہاں گئی؟ منگو وہ آدھا کیک بچا ہوا کہاں رکھ دیا تھا؟ ایک ایک پیسہ کو رجسٹر پہ لکھواتی ہیں ——— بھلا پھر آگرہ کیسے دیکھیں؟"

راشد ہنس پڑا ——— "تم نہ دیکھو ہم نے تو دیکھ لیا لیکن بہت گراں پڑا کالج چھوٹا۔ پڑھنا گیا۔ اِعتبار ختم ——— زندگی بھر کو طعنہ ——— دوسو غارت کر دیئے ——— لیکن واہ واہ زندگی کے چار دن کیا کیا مزے کئے ——— برف میں پڑے ہوئے پھل، اسٹابری، کیلا، سیب، انار، ناشپاتی، انگور، سردا"

بے بی نے دخل دیا "راشد بھیا خیر پھل تو ممی کافی منگاتی ہیں"

راشد جل گیا "منگاتی ہوں گی۔ بسکیاں بھر بھر کر کھانے سے نہ کھانا بہتر ——— آگرہ میں تو ہم نے ایک وقت بجائے روٹی کے پھل ہی پھل کھائے تھے جناب ———"

بے بی کا منہ کھلا رہ گیا ——— راشد فتح مندی کے انداز سے بہن کو دیکھنے لگا ——— اِتنے میں کمبخت نہ جانے کہاں سے منگو منہ بسورتا ہوا آگیا ——— بائیں ہاتھ سے ناک پونچھ رہا تھا دائیں سے دامن لئے آنسو ——— "ارے کیا ہوا؟ محرم کی پیدائش! جب دیکھو منحوس صورت ہونٹ لٹکائے رہتا ہے"

"سرکار نے مجھ سے میوہ منگوائی تھی اب کہتی ہیں کہ تو اخروٹ اور بادام کھا گیا"

"کھائی تو ضرور ہوگی تو نے بھلا ہاتھوں میں اتنی مزہ دار میوہ ہو اور کوئی بدنصیب نہ کھائے۔ سچی بات ہے کہ تو زیادہ کھا گیا ہوگا۔

منگو کو ہنسی آگئی —— پتہ کی بات سنکر —— منہ پھیر کر بولا۔

"بھیا میں نے کبھی کھائے نہ تھے۔ صرف یہ دیکھنے کو کہ کیسے ہوتے ہیں تین چار کھائے تھے اور اخروٹ دس بارہ کشمش تو کھا نہیں سکتا تھا۔ نہ کاجو۔ بس چھلکے والی چیزوں میں سے چکھا تھا۔"

بے بی اور راشد دونوں کھل کھلا ہنس پڑے۔" جا کمبخت یہاں بھی ابھی یہی ذکر خیر ہو رہا تھا۔"

منگو ناک آستین سے پونچھتا ہوا برآمدے کی طرف چلا گیا۔ اسے اب تک باداموں اور چلغوزوں کا مزہ آرہا تھا —— کاش میں سرکار کی طرح امیر ہوتا تو ہر مہینہ کم ازکم سو روپیہ مہینہ کی میوہ منگایا کرتا اور خوب کھاتا —— خوب دل بھر کے۔

خواتین کے رومانی افسانوں کا ایک اور انتخاب

آج کل کے رومان (حصہ : ۲)

مرتبہ : فضل حق قریشی

بین الاقوامی ایڈیشن جلد منظر عام پر آرہا ہے